PROCÈS-VERBAL

DE LA CÉRÉMONIE

DU SACRE ET DU COURONNEMENT

DE LEURS MAJESTÉS IMPÉRIALES.

PROCÈS-VERBAL

DE LA CÉRÉMONIE

DU SACRE ET DU COURONNEMENT

DE LL. MM.

L'EMPEREUR NAPOLÉON

ET

L'IMPÉRATRICE JOSÉPHINE.

A PARIS,

DE L'IMPRIMERIE IMPÉRIALE.

AN XIII. = 1805.

PROCÈS-VERBAL

De la Cérémonie du Sacre et du Couronnement de LL. MM. L'Empereur NAPOLÉON et L'Impératrice JOSÉPHINE.

AUJOURD'HUI, 11 frimaire an 13, a été célébrée dans l'église métropolitaine de Paris, la cérémonie du sacre et du couronnement de LL. MM. l'Empereur NAPOLÉON et l'Impératrice JOSÉPHINE. L'église avait été décorée pour cette solennité, ainsi qu'il suit :

En avant de la façade principale de l'église, et dans toute sa largeur, était construit un grand porche, aux deux côtés duquel aboutissaient deux galeries.

Ce porche, dont la décoration s'accordait avec l'architecture du portail de l'église, était formé de quatre grands arcs gothiques, soutenus par quatre piliers, sur lesquel sétaient placées les statues des trente-six villes appelées au sacre. On voyait sur les deux principaux piliers les statues de *Clovis* et de *Charlemagne*, fondateurs de la monarchie française. Les armes de l'Empereur ornaient le dessus de l'arc, et étaient accompagnées de figures représentant les seize cohortes de la Légion d'honneur : le tout était couronné par des pyramides gothiques, terminées par les aigles de l'Empire. L'oriflamme de l'Empire, attachée à un grand mât, flottait au centre et à la hauteur des tours de l'église.

A

(2)

Les galeries latérales, qui communiquaient au porche du milieu et aux deux entrées latérales, étaient ouvertes du côté de la face, de manière à laisser apercevoir le cortége destiné à les traverser; elles étaient de forme gothique, représentant des arcs ornés des armoiries de l'Empire : le plafond était couvert de draperies qui descendaient à la hauteur des piliers, avec des franges en or, et parsemées d'abeilles; le fond était décoré de tapisseries de la manufacture des Gobelins, faisant suite à celles de la galerie fermée.

L'intérieur de l'église était orné de trois rangs de tribunes au pourtour de la nef et du chœur. Le trône de l'Empereur était placé sous un arc de triomphe soutenu par huit colonnes, et élevé à l'entrée de la grande nef. Cet arc, décoré de bas-reliefs et des armoiries de l'Empereur, occupait toute la largeur de la nef. On y montait par un escalier de vingt-quatre marches, à côté desquelles régnaient des gradins, à droite et à gauche, dans toute la largeur.

On entrait dans la nef par le premier rang des bas-côtés, à droite et à gauche de l'arc du trône.

Les bas-côtés de la nef, la grande croisée de l'église et une partie de la nef, étaient couverts de gradins qui se prolongeaient en deux divisions jusqu'aux chapelles au pourtour de l'église, avec des couloirs et des entrées pour chaque rang par-dessous.

L'orchestre, divisé en deux parties, occupait le fond des deux croisées du centre.

Le chœur, fermé d'une estrade à hauteur, et distribué en plusieurs rangs de gradins, était réservé pour le clergé. Le trône du Pape, élevé sur onze marches dans le sanctuaire, et décoré des armoiries du S. Siége, était placé à gauche de l'autel. Les Cardinaux occupaient les banquettes, en forme de gradins et à dossier, couvertes de velours rouge, qui étaient en face. Les Ecclésiastiques assistans des Cardinaux occupaient les derniers gradins des mêmes banquettes.

L'église était tendue en étoffes de soie, de velours et de drap, ornées de franges, galons et armoiries de l'Empire brodées en or. Les appuis des loges et les banquettes de la nef étaient recouverts en tapis de soie également bordés de franges ; les draperies étaient soutenues par des enseignes qui portaient les armes de l'Empereur ; des figures ailées et dorées servaient de girandoles au-dessus de chaque pilier, au pourtour de l'église.

L'église était éclairée par vingt-quatre lustres suspendus à la voûte ; la nef, le chœur, le sanctuaire, les gradins et les premiers rangs de loges étaient couverts de tapis de pied.

Depuis le 8 frimaire, des piquets des six bataillons de grenadiers et de chasseurs de la garde à pied, et des piquets de la gendarmerie d'élite à pied et à cheval, occupaient les postes et les avenues de l'archevêché et de la cathédrale, sous les ordres de M. le Général *Duroc*, grand Maréchal du palais, qui avait la police de ces deux édifices.

Le 11, à six heures du matin, les députations militaires et de la garde nationale, appelées à la cérémonie par le décret impérial du 25 messidor an 12, se sont réunies à la place Dauphine. Les membres de ces députations qui avaient été désignés pour être placés dans l'église de Notre-Dame, s'y sont rendus avant sept heures, et ont été conduits par des Commissaires aux places qui leur avaient été réservées ; les autres ont bordé la haie dans les lieux qui leur ont été

A 2

indiqués par M. le Maréchal *Murat*, Gouverneur de Paris.

A sept heures, se sont réunis au Palais de justice, 1.º les grands Officiers de la Légion d'honneur, les Commissaires de la comptabilité, les Présidens des cours d'appel, ceux des colléges électoraux de département et d'arrondissement, ceux des assemblées de canton, ceux des consistoires et les Maires des trente-six principales villes de l'Empire, appelés par l'article 52 du sénatus-consulte du 28 floréal, pour être présens au serment de l'Empereur ; 2.º les Procureurs généraux des cours d'appel, les Présidens et les Procureurs généraux des cours criminelles, les Présidens des conseils généraux de département, les Préfets, les Vice-présidens des chambres de commerce, le tiers des Généraux de brigade des camps de Boulogne, de Montreuil et de Bruges, l'État-major général du camp de Brest, composé de deux Généraux de division et de trois Généraux de brigade, un Général de brigade de la réserve de cavalerie, un Général de brigade des grenadiers de la réserve, un Général de brigade de la 1.ʳᵉ et un de la 2.ᵉ division de dragons, un Général de division et deux Généraux de brigade de l'armée de Batavie, les Commandans des divisions militaires, les Généraux employés près le Ministre de la guerre, le Général commandant l'école militaire de Fontainebleau, les Vice-amiraux, les Préfets maritimes et le Commissaire général de la marine à Anvers, les Sous-préfets, les Inspecteurs en chef aux revues et Commissaires ordonnateurs des guerres, les membres du Conseil général du commerce séant à Paris, près le Ministre de l'intérieur, les Présidens des classes de l'Institut, le Président de la Société impériale d'agriculture de Paris, les membres des Députations coloniales, enfin le Corps municipal de

Paris, appelés à la même cérémonie par des invitations de Sa Majesté.

Ces divers fonctionnaires sont partis à pied du Palais de justice, et les Commissaires de la comptabilité, du lieu ordinaire de leurs séances, pour se rendre à Notre-Dame, où ils sont arrivés avant huit heures. Ils ont été reçus par les Maîtres et Aides des cérémonies et par MM. les Auditeurs du Conseil d'état, faisant fonctions d'Adjoints aux cérémonies, et conduits par des Commissaires aux places qui leur étaient destinées dans la nef.

A huit heures, le Sénat est parti de son palais, le Conseil

L I S T E S.

SÉNAT CONSERVATEUR.

S. E. M. François-de-Neufchâteau. . . . . *Président.*

M. Porcher. . . . . }
M. Colaud. . . . . } *Secrétaires.*

M. le Maréchal Lefebvre. . . . . }
M. Clément-de-Ris. . . . . } *Préteurs.*

M. Laplace. . . . . *Chancelier.*

M. Chaptal. . . . . *Trésorier.*

MM.

Roger-Ducos.	Lemercier.	Cornudet.
Sieyes.	Lenoir-Laroche.	Davous.
Berthollet.	Lespinasse.	Depere.
Cabanis.	Monge.	Dizez.
Cornet.	Pleville-le-Pelley.	Herwyn.
Destutt-Tracy.	Resnier.	Journu-Aubert.
Dubois-Dubay.	Rousseau.	Lagrange.
Garran-Coulon.	Vimar.	Peré.
Garat.	Volney.	Perregaux.
Kellermann.	Casa-Bianca.	Sers.
Lacépède.	Chasset.	Vernier.
Lambrechts.	Choiseul-Praslin.	Vien.
Lecouteulx-Canteleu.	Cholet.	Villetard.

d'état des Tuileries, le Corps législatif et le Tribunat de
leurs palais respectifs, et la Cour de cassation du lieu

MM.

Bougainville.	Lamartillière.	Cacault.
Morard-de-Galles.	Demeunier.	Garnier.
Jacqueminot.	Abrial.	Bruneteau-Ste-Suzanne.
Serrurier.	Aboville.	Beauharnais.
Barthélemy.	Rœderer.	Bonaparte (Lucien), *absent.*
Lanjuinais.	Emmery.	Delaunoy.
Vaubois.	Garnier-Laboissière.	S. Martin-Lamotte.
Dedelay-d'Agier.	De Gregory-Marcorengo.	Tascher.
Rampon.	De Luynes.	Canclaux.
Tronchet.	Jaucourt.	Saur.
Harville.	Lebrun.	Rigal.
Pérignon.	Boissy-d'Anglas.	Baciocchi.
Gregoire.	Defontenay.	

CONSEIL D'ÉTAT.

MM.

Bigot-Préameneu................ *Président de la section de législation.*
Regnauld (de Saint-Jean-d'Angely).. *Président de la section de l'intérieur.*
Defermon...................... *Président de la section des finances.*
Lacuée........................ *Président de la section de la guerre.*
Fleurieu...................... *Président de la section de la marine.*

MM.

Berlier.	Bérenger.	Bourcier.
Galli.	Boulay (de la Meurthe).	Caffarelli.
Réal.	Collin.	Dessoles.
Siméon.	Dauchy.	Dumas.
Treilhard.	Duchatel.	Forfait.
Begouen.	Jollivet.	Gantheaume.
Cretet.	Mollien.	Gau.
Fourcroy.	Clarke.	Gouvion-Saint-Cyr.
Français (de Nantes).	Dupuy.	Marmont.
Lavallette.	Najac.	Petiet.
Laumond.	Redon.	Shée.
Miot.	Dubois.	Thibaudeau.
Pelet (de la Lozère).	Frochot.	Bertin.
Deloé.	Montalivet.	Locré, *Secrétaire général.*

ordinaire de ses séances, et ils se sont rendus à Notre-Dame.
Ce dernier corps avait une escorte de quatre-vingts hommes,

Auditeurs près les Ministres et les sections du Conseil d'état.

MM.

Regnier fils.	Doazan.	Petiet fils.
Dudon.	Brigode.	Goyon de Matignon.
Chabrol-Crouzol.	Félix Lecouteulx.	Reuilli.
Abrial fils.	Leblanc Pommard.	Récamier fils
Héli d'Oissel.	Godard de Plancy.	Hugot, *Suppléant du Secrét.*
Gossvin de Stassart.	Perregaux fils.	*général du Conseil d'état.*

CORPS LÉGISLATIF.

MM.

Fontanes............................. *Président.*
Delattre................................ ⎫
Jacopin................................ ⎪
Viennot Vaublanc......................... ⎬ *Questeurs.*
Terrasson............................... ⎭

MM.

Agar.	Berteaux.	Boyelleau.
Agnel.	Berthezen.	Brelivet.
Albert.	Besley.	Brezets.
Aroux.	Besquent.	Bruneau-Beaumez.
Augier.	Bezaves-Mazières.	Caissotti.
Auguis.	Blanc.	Catoire-Moulainville.
Baillon.	Blanquart-Bailleul.	Case-Labove.
Barailon.	Bodinier.	Chaillot.
Bardenet.	Boileau.	Chancel.
Barral.	Bonardo.	Chappuis.
Barrot.	Bonnot.	Charly.
Bassaget.	Bonvicino.	Chatry-Lafosse.
Bassenge.	Bonvoust.	Chestret.
Bastil.	Bord.	Chillaud-Larigaudie.
Bavouz.	Borie.	Cholet.
Beauchamp.	Botta.	Chovet-Lachance.
Beaufranchet.	Bouget.	Clairon.
Becquey.	Boulard.	Claudet.
Béguinot.	Bourguet-Travanet.	Clerici.
Bergey.	Bourran.	Collard.

et chacun des autres une escorte de cent hommes à cheval. Chaque escorte était commandée par un Officier de l'Etat-major.

MM.

Corcelette.	Dumaire.	Gonnet.
Costé.	Dumoulin.	Gosse.
Couppé.	Dupré.	Grassy.
Creuzé.	Durand.	Grenier.
Dalesme.	Duranteau.	Grenier.
Dalleaume.	Durbach.	Guerin.
Dallemagne.	Dureau-de-la-Malle.	Guibal.
Dalmas.	Duret.	Guichard.
Dal-Pozzo.	Duris-Dufresne.	Guillot-Dubodan.
Danel.	Férat.	Hardouin.
Defermon.	Féry.	Haxo.
Dejunquières.	Fieffé.	Hebert.
Delahaye.	Fontemoing.	Hénin.
Delecloy.	Fontenay.	Houzé.
Delort.	Foubert.	Huguet.
Delzons.	Foucher.	Huon.
Demeulenaère.	Francia.	Jacobé-Naurois.
Demissy.	Franck.	Jacomet.
Demonceaux.	Francoville.	Jacquier-Rosée.
Dern.	Frantz.	Jan.
Despalières.	Frémin-Beaumont.	Janet.
Desprez.	Gally.	Jaubert.
Desribe.	Gambini.	Jubié.
Deval.	Gantois.	Juery.
Devaux.	Gaudin.	Jumentier
Devisme.	Gauthier.	Kervegan.
D'Hame.	Gedouin.	Kervélegan.
D'Haucourt.	Gendebien.	Laborde.
Doyen.	Gesnouin.	Lagier-Lacondamine.
Dubosq.	Gheysens.	Lahure.
Ducan.	Girardin.	Lajare.
Duclaux.	Girod-Chantrans.	Langlois.
Ducos.	Goblet.	Larché.
Dufeu.	Godailh.	Larcher.
Duhamel.	Golzart.	Larmagnac.

Ils ont été placés par les Maîtres, Aides et Adjoints des cérémonies.

MM.

Lauberdière.	Metz.	Ramond.
Laumond.	Metzger.	Ratier.
Laurence-Dumail.	Michelot-Rochemont.	Reibaud-Clausonne.
Lautour-Boismaheu.	Milscent.	Reinaud-Lascours.
Leclerc.	Mollevault.	Richepance.
Ledanois.	Monseignat.	Ricour.
Lefaucheux.	Montaut-Desilles.	Rieussec.
Lefort.	Morand.	Rivière.
Lefranc.	Moreau.	Rivière.
Legrix-Lasalle.	Morizot.	Rodat.
Lejeas.	Murat.	Roemers.
Lemaire-Darion.	Musset.	Rolland-Chambaudouin.
Lemoine.	Nattes.	Roquain-Devienne.
Lemosy.	Noguier-Malijay.	Rossée.
Leroy.	Nougarede.	Roulhac.
Lespérut.	Nourrisson.	Saget.
Lespinasse.	Olbrechts.	Saint-Pierre-Lespéret.
Lespinasse.	Ollivier.	Sainte-Suzanne.
Lévêque.	Oudaert.	Salmon.
Levieux.	Oudinot.	Salin-Dick.
Ligniville.	Pallieri.	Sapey.
Limouzin.	Partarieu-Lafosse.	Sauret.
Lobjoy.	Pascal.	Sautier.
Lombard-Taradeau.	Pavetti.	Sauzay.
Louvet.	Peltzer.	Savary.
Loyau.	Pemartin.	Schirmer.
Macaire.	Peppe.	Selys.
Manières.	Perigois.	Servan.
Marcorelle.	Petit-Lafosse.	Sieyes.
Marquette-Fleury.	Picollet.	Simon.
Masséna.	Plagniat.	Sol.
Mathieu.	Pougny.	Solvyns.
Mattel.	Poujaud.	Soret.
Mauboussin.	Prati.	Sturtz.
Mauclere.	Prunis.	Talhouet.
Maugenest.	Rabaud.	Tardy.
Méric.	Raepsaet.	Tartas-Conques.

B

Les places ont été réglées ainsi qu'il suit:

N E F.

En avant du trône de l'Empereur ont été placés les Sénateurs, moitié sur le côté droit et moitié sur le côté gauche,
le Président à la première place du côté du trône ; après
lui, les Préteurs, Chancelier et Trésorier du Sénat. Aux

MM.

Thibeaudeau.	Trottier.	Van-Ruymbeke.
Thierry.	Tuault-Golven.	Van-Wambeke.
Thiry.	Tupinier.	Vantrier.
Thomas.	Vacher.	Vigneron.
Thomas.	Valleteaux.	Villar.
Toulgoet.	Vander-Leyen.	Villiers.
Toulongeon.	Van-Kempen.	Villot-Fréville.

T R I B U N A T.

M. Fabre (de l'Aude) . . . . *Président.*
M. le Général Sahuc . . . . } *Questeurs.*
M. Jard-Panvilliers . . . . }

MM.

Albisson.	Delpierre.	Labrouste.
Arnould.	Depinteville-Cernon.	Lahary.
Beauvais.	Duveyrier.	Leroy.
Bertrand-de-Grüille.	Duvidal.	Malès.
Carnot.	Faure.	Mallarmé.
Carret.	Favard.	Moreau.
Carion-Nizas.	Freville.	Mouricault.
Chabaud-Latour.	Gallois.	Pernon.
Chabot.	Gillet.	Perrée.
Challan.	Gillet-Lajaqueminière.	Perrin.
Chassiron.	Girardin.	Pictet.
Currée.	Goupil-Préfeln.	Pougeard-du-Limberd.
Dacier.	Grenier.	Savoy-Rollin.
Daru.	Jaubert.	Tarrible.
Daugier.	Jubé.	Thourret.
Delaistre.	Koch.	Vanhultem.

deux côtés du trône, sur des gradins, au-dessous des Ministres et des grands Officiers de l'Empire, les Conseillers d'état; les Présidens des sections du Conseil, sur les premiers bancs à droite. A droite et à gauche, à la suite du Sénat, les Légis-lateurs; le Président et les Questeurs aux premières places du côté du trône. A la suite du Corps législatif, à droite et à gauche, les Tribuns; le Président et les Questeurs aussi

COUR DE CASSATION.

M. Muraire, Conseiller d'état............ *Premier Président.*

M. Maleville.......................... }
M. Viellart........................... } *Présidens.*

MM.

Audier-Massillon.	Doutrepont.	Ruperou.
Aumont.	Dutocq.	Schwendt.
Babille.	Gandou.	Sieyes.
Bailly.	Genevois.	Target.
Barris.	Henrion-Pensey.	Vallée.
Basire.	Lachèse.	Vasse.
Borel.	Liborel.	Vergès.
Boyer.	Liger-Verdigny.	Zangiacomi.
Brillat-Savarin.	Minier.	La Saudade.
Busschop.	Oudart.	Seignette.
Cassaigne.	Oudot.	Beauchaud.
Chasle.	Pajon.	Carnot.
Cochard.	Poriquet.	Lombard-Quincieux.
Coffinhal.	Rataud.	Vermeil.
Delacoste.	Rousseau.	Lamarque.

M. Merlin......................... *Procureur général impérial.*

M. Jourde......................... }
M. Arnaud......................... }
M. Lecoutour...................... }
M. Pons de Verdun................. } *Substituts.*
M. Girault........................ }
M. Daniels........................ }

M. Galbert........................ *Greffier en chef.*

Voyez, à la fin du procès-verbal, les listes nominatives des autres fonctionnaires présens à la cérémonie du couronnement.

B 2

aux premières places du côté du trône. A la suite du Tribunat, à droite et à gauche, les membres de la Cour de cassation; le premier Président et les Présidens aux premières places du côté du trône. A la suite de la Cour de cassation, les grands Officiers de la Légion d'honneur et les Commissaires de la comptabilité. A leur suite et derrière eux, suivant l'ordre de préséance prescrit par le sénatus - consulte du 28 floréal an 12 et par les décrets impériaux, les Généraux de division, les Vice - amiraux, les Présidens et Procureurs-généraux de cours d'appel, les Présidens de colléges électoraux de département, les Préfets maritimes, les Préfets de département, les Présidens et Procureurs généraux de cours criminelles, les Généraux de brigade, les Présidens de conseils généraux de département, les Présidens de colléges d'arrondissement, les Sous-préfets, les Maires des trente-six principales villes, les Présidens d'assemblées de canton, les Présidens de consistoires, les Vices-présidens des chambres de commerce, les Inspecteurs en chef aux revues et Commissaires ordonnateurs des guerres, les membres du Conseil général de commerce séant à Paris près le Ministre de l'intérieur, les membres du Conseil général du département de la Seine, les Présidens des classes de l'Institut, le Président de la Société impériale d'agriculture de Paris, et les membres des Députations coloniales.

TRIBUNES.

A droite du trône était la tribune impériale; à côté, celle des Dames et Officiers des Princes et Princesses, à l'exception de ceux qui formaient leur suite.

Vis-à-vis, à gauche du trône, celle du Corps diplomatique étranger et français,

D'autres tribunes étaient occupées par les familles des grands Dignitaires, par les étrangers présentés, par les familles des Ministres et du Gouverneur de Paris, par celles des grands Officiers et Officiers de la maison de l'Empereur, des Sénateurs, des Conseillers d'état, des Législateurs, des Tribuns, des grands Officiers de la Légion d'honneur, des membres de la Cour de cassation et de la Comptabilité nationale; par l'État-major de Paris, par les bureaux de l'Institut national, et enfin par la Préfecture de la Seine et de police, et par les Administrations tant ministérielles que générales. Les tribunes du rez-de-chaussée, près du trône, étaient remplies par les Officiers de la Garde impériale.

Les deux rangs de tribunes du haut étaient occupées par les députations des armées de terre et de mer et des gardes nationales.

Les membres de la députation italienne appelés au sacre, ont été placés, savoir; le Vice-président, dans la tribune impériale; les membres de la Consulte d'état, parmi les Sénateurs; ceux du Conseil législatif, parmi les Conseillers d'état; le Commissaire du Gouvernement près le tribunal de cassation, avec la Cour de cassation; les Présidens des tribunaux de révision, avec les Présidens et Procureurs-généraux des cours d'appel; les Généraux de division, avec les Généraux français du même grade; les membres du Corps législatif, avec les Législateurs français; ceux enfin des colléges électoraux, parmi les Présidens de colléges électoraux de département.

A neuf heures, le Corps diplomatique, qui s'était réuni chez l'un de ses membres, s'est rendu à Notre-Dame avec une escorte de cent hommes à cheval; il a été conduit à sa tribune par un Aide des cérémonies.

Immédiatement après sont arrivés dans des voitures, et avec une escorte qui leur avait été fournie par les ordres de M. le Maréchal *Murat*, LL. AA. SS. le Margrave de *Bade*, le Prince héréditaire de *Hesse-Darmstadt*, les Princes de *Hesse-Hombourg*, de *Solm-Lich*, d'*Isembourg*, de *Nassau-Weilbourg*, de *Lœweinstein*, de *Lœweinstein-Werthein*, et M. le Prince *Borghèse*; ils ont été placés par un Maître des cérémonies dans la tribune impériale. Dans la même tribune a été placée S. A. S. l'Electeur Archi-chancelier de l'Empire germanique, qui est arrivé au même instant avec trois voitures impériales et une garde d'honneur.

A la même heure (1), Sa Sainteté est partie du palais des Tuileries pour se rendre à la métropole, au milieu d'une double haie de troupes formées sur les deux routes qu'a suivies le cortége en allant et en revenant, par des régimens divers, et par l'excédant des députations de l'armée et des gardes nationales des départemens, qui, avec les drapeaux, n'avaient pu être placés dans l'église. Le cortége a suivi le Carrousel, la rue Saint-Nicaise, la rue Saint-Honoré, la rue du Roule, le Pont-Neuf, le quai des Orfévres, la rue Saint-Louis, la rue du Marché-Neuf et celle du Parvis-Notre-Dame.

La marche du cortége était ouverte et fermée par deux escadrons de dragons.

Le cortége était composé ainsi qu'il suit :

Une voiture occupée par MM. le Sénateur *Deviry*, et

---

(1) Un peu avant le départ du Saint-Père, M.ᵍʳ le Cardinal *Romuald Braschi Honesti*, Secrétaire des brefs et Diacre assistant au trône de S. S., et M.ᵍʳ le Cardinal *Alphonse-Hubert Lattier de Bayane*, second Diacre assistant au trône de S. S., se sont rendus à l'Archevêché, chacun dans une voiture de la Cour.

Debrigode, Chambellans de l'Empereur, et M. *Desalmatoris*, Maître des cérémonies de S. M., de service auprès du Pape.

Une voiture dans laquelle étaient MM. le Duc *Braschi Honesti* et le Prince *Altieri*, Commandans de la garde noble de Sa Sainteté ; M. le Bailli *Ruspoli*, et M. le Marquis *Sacchetti*, Fourrier de Sa Sainteté ; précédés par Mgr *Speroni*, Porte-croix, sur une mule blanche.

La voiture du Pape, dans laquelle était Sa Sainteté, avec LL. EE. Mgr le Cardinal *Léonard Antonelli*, Évêque de Porto, Sous-doyen du sacré collége et grand Pénitencier de Sa Sainteté, Évêque assistant, et Mgr le Cardinal de *Pietro*, remplaçant Mgr le Cardinal *Caprara*, Légat *à latere* de S. S. en France, retenu par indisposition.

M. le Colonel *Durosnel*, Écuyer ordinaire de S. M., était à cheval à la portière droite de la voiture de S. S., et dirigeait le cortége.

Une voiture pour Mgr *Gavotti*, Majordôme, et Mgr *Altieri*, Maître de la chambre, avec leurs Aumôniers.

Une voiture pour Mgr *Fenaja*, Archevêque de Filippi, Vice-gérent de Rome ; Mgr *Bertazzoli*, Archevêque d'Edessa, Aumônier de Sa Sainteté ; Mgr *Devoti*, Archevêque de Carthage, Secrétaire des brefs aux Princes, et Mgr *Menochio*, Évêque de Porfirio, Sacriste de Sa Sainteté, Évêques assistans.

Une voiture pour Mgr *Mancurti*, Mgr *Calderini* et Mgr *Sala*, Camériers secrets.

Une voiture pour les deux Aumôniers et les deux Caudataires des Cardinaux qui étaient dans la voiture de S. S.

Une voiture pour Mgr *Braga* et Mgr *Frediani*, Aumôniers secrets, et pour les Valets-de-chambre secrets de Sa Sainteté.

Enfin une voiture pour deux personnes devant assister aux tables des vases sacrés.

La présence du Chef suprême de l'Église avait attiré sur son passage une foule innombrable de citoyens qui se prosternaient avec respect pour recueillir ses bénédictions.

Le souverain Pontife est descendu de voiture au vestibule du grand escalier construit pour conduire S. S. et LL. MM. II. dans les salles de l'Archevêché ; S. E. Mgr le Cardinal *de Belloy*, Archevêque de Paris, accompagné de ses aumôniers, s'est trouvé au bas du grand escalier, revêtu de sa chape cardinaliste, pour recevoir le Saint-Père et le conduire dans la grande salle de l'Archevêché.

Les Cardinaux, Archevêques et Évêques français se sont trouvés réunis dans cette même salle, revêtus de leurs ornemens pontificaux ; savoir, les Cardinaux, de l'amict, du rochet et d'une chasuble, sans étole et sans manipule, avec la mitre, à l'exception du Cardinal-Évêque assistant, qui était en chape ; et les Archevêques et Évêques, du rochet, et de la mitre.

Tous les autres ecclésiastiques qui devaient servir à la cérémonie, notamment MM. les Curés et Desservans de Paris, se sont trouvés également dans cette salle, revêtus des ornemens convenables aux fonctions qu'ils devaient exercer.

Quatre tables étaient dressées dans cette même salle.

La première, plus grande que les autres, et revêtue d'un tapis qui descendait jusqu'à terre, a servi à déposer les ornemens de S. S., ses deux mitres et sa tiare.

Sur une seconde table, à peu de distance de la première, ont été placés les ornemens de Mgr le Cardinal *Caselli,* Cardinal-diacre, et de Mgr *Nasalli,* Prélat de S. S. et Chanoine de la cathédrale de Plaisance, Sous-diacre.

Sur

Sur une troisième ont été déposés les ornemens de M. l'abbé *Raphaël de Monachis*, Diacre grec, et de M. l'abbé *Étienne della Rocca*, Sous-diacre grec.

Enfin la quatrième a reçu les sept chandeliers qui devaient servir aux sept Acolytes.

Des banquettes revêtues de tapis étaient préparées en outre pour les Cardinaux, Archevêques et Évêques.

Pendant que S. S. recevait les ornemens des mains des Prélats qui l'entouraient, le Cardinal Archevêque de Paris, revêtu de la chape cardinaliste, s'est rendu dans son église pour recevoir S. S., et le clergé de France, à la tête de son chapitre.

S. S. s'étant revêtue de ses ornemens, s'est rendue à l'église; elle était précédée de sa croix, portée par M. l'abbé *Salamon*, faisant fonction d'un des Sous-diacres apostoliques, revêtu d'une tunique deux Chapelains secrets du Pape portaient ses deux mitres et marchaient devant la croix; le Thuriféraire portait devant la croix l'encensoir et la navette.

Huit Acolytes, dont sept portaient des chandeliers avec leurs cierges, se trouvaient à côté de la croix; quatre étaient à droite, et quatre à gauche.

Le Sous-diacre latin marchait après les Acolytes. Il s'est placé au milieu du Diacre et du Sous-diacre grecs.

Après lui venaient sur deux lignes, dans l'ordre de leur institution canonique, et la mitre sur la tête, d'abord les Évêques, ensuite les Archevêques, puis les Cardinaux, vêtus ainsi qu'il a été dit ci-dessus.

S. S. fermait la marche. Elle était revêtue d'une chape, la tiare sur la tête, et placée au milieu des deux Cardinaux-diacres assistans, qui soutenaient de chaque côté les bords

C

de sa chape ; devant elle marchaient le Cardinal-évêque assistant, en chape, et le Cardinal-diacre de l'Evangile, en dalmatique, et les Officiers de la Maison impériale, de service près S. S.

Une garde d'honneur entourait S. S., et lui rendait les honneurs convenables.

Dès que la procession est arrivée à la porte de l'église, le clergé y est entré, et est allé, sans s'arrêter, prendre les places qui lui étaient destinées.

Le Cardinal Archevêque de Paris, nu-tête, a offert à S. S. la croix à baiser et ensuite lui a présenté la navette ; S. S. a mis l'encens dans l'encensoir et a reçu ensuite l'aspersoir ; elle a fait une aspersion d'abord sur elle-même, puis sur le clergé et sur le peuple. S. S. ayant été encensée, a passé au milieu du chapitre, rangé sur deux lignes, et s'est rendue au sanctuaire, conduite sous un dais porté par les Chanoines. Pendant l'entrée de S. S. dans l'église, la musique impériale, sous la direction de M. Lesueur, a exécuté à grand chœur et symphonie l'antienne suivante :

Tu es Petrus et super hanc petram ædificabo ecclesiam meam, et portæ inferi non prævalebunt adversùs eam, et tibi dabo claves regni cœlorum.	Tu es Pierre et sur cette pierre je bâtirai mon église, et les portes de l'enfer ne prévaudront point contre elle, et je te donnerai les clefs du royaume des cieux.

Ensuite S. S. a fait sa prière au pied de l'autel ; le chapitre n'est rentré dans le chœur que lorsque S. S. a eu pris place sur le trône qui lui avait été préparé près de l'autel, du côté de l'Evangile. En avant de S. S., à côté de l'autel, étaient

M.ᵍʳ le Cardinal *Antonelli*, Évêque assistant ; à droite du Pape, M.ᵍʳ le Cardinal *Braschi*, et à sa gauche, M.ᵍʳ le Cardinal *de Bayane*, Diacres assistant au trône, qui étaient entourés des grands Officiers de S. S.

Le souverain Pontife, assis sur son trône, a reçu les hommages des Evêques, qui sont venus baiser son étole à droite et à gauche, et sont retournés à leurs places après lui avoir fait une profonde révérence.

De l'autre côté de l'autel se sont placés sur des banquettes couvertes de velours rouge, M.ᵍʳˢ les Cardinaux *de Pietro, de Belloy, Cambacérés* et *Fesch* ; M.ᵍʳ le Cardinal *Caselli*, en sa qualité de Diacre de l'Evangile, était placé sur un tabouret devant l'autel du côté de l'Epitre ;

Des deux côtés du chœur, sur des bancs, les Archevêques, les Évêques et le clergé de Paris ;

A droite du trône du Pape, les Officiers de la Maison impériale de service auprès de S. S.

Le Pape, assis sur son trône, a dit les Tierces.

A dix heures, LL. MM. II. sont parties du palais des Tuileries, au bruit d'une salve d'artillerie, et ont suivi, pour se rendre à Notre-Dame, les mêmes rues qu'avait suivies le cortége de S. S.

La marche du cortége était ouverte par quatre escadrons de carabiniers, quatre de cuirassiers, et par les escadrons de chasseurs de la garde, entremêlés de pelotons de Mameluks. M. le Maréchal *Murat*, Gouverneur de Paris, était, avec son état-major, à la tête de ces troupes.

Le cortége impérial a marché dans l'ordre suivant :

Les Hérauts d'armes à cheval ;

Une voiture pour les Maîtres et Aides des cérémonies ;

Quatre voitures pour les grands Officiers militaires de l'Empire ;

Trois voitures pour les Ministres ;

Une voiture pour le grand Chambellan, le grand Écuyer et le grand Maître des cérémonies ;

Une voiture pour LL. AA. SS. l'Archi-chancelier et l'Archi-trésorier ;

Une voiture pour les Princesses ;

La voiture de l'Empereur, dans laquelle étaient LL. MM. impériales, et LL. AA. II. les Princes Joseph et Louis ;

Une voiture pour le grand Aumônier, le grand Maréchal du Palais et le grand Veneur ;

Une voiture pour la Dame d'honneur, la Dame d'atours, le premier Écuyer et le premier Chambellan de l'Impératrice ;

Trois voitures pour les Dames du Palais et les Chambellans de l'Impératrice ;

Une voiture pour les Aumôniers de LL. MM. ;

Deux voitures pour les Officiers de l'Empereur ;

Quatre voitures pour les Dames et Officiers de LL. AA. II. les Princes et Princesses ;

Une voiture pour les Officiers de LL. AA. SS. les grands Dignitaires.

La voiture de l'Empereur était attelée de huit chevaux ; toutes les autres voitures du cortége étaient à six chevaux : les Maréchaux Colonels généraux de la garde étaient à cheval près des deux portières de la voiture de l'Empereur ; le Maréchal commandant la gendarmerie était à cheval derrière la voiture ; les Aides-de-camp, à la hauteur des chevaux ; les Écuyers, aux roues de derrière ; les Pages étaient montés devant et derrière la voiture.

Le cortége était fermé par les grenadiers à cheval de la garde, entremêlés de pelotons de canonniers à cheval, et par un escadron de la gendarmerie d'élite. Dans toute cette marche, les vœux et les acclamations du peuple ont accompagné LL. MM.

Le cortége impérial, en arrivant sur la place de Notre-Dame, a tourné à gauche du portail par la rue du Cloître; LL. MM. et leur cortége sont descendus de voiture sous une tente dressée en face du pont de la Cité, auprès du palais de l'archevêché. Cette tente, soutenue sur seize piliers légers, était décorée de tapisseries des Gobelins : plusieurs voitures circulaient librement dessous. Elle servait de vestibule à un grand escalier construit à cet effet, et par lequel LL. MM. se sont rendues à l'archevêché; elles y ont été reçues par M.gr le Cardinal Archevêque de Paris, et conduites dans les appartemens qui étaient préparés pour elles. L'Empereur s'y est revêtu du manteau impérial : ensuite il en est parti, avec son cortége, pour se rendre, à pied, à la grande porte de Notre-Dame, par une galerie décorée de tapisseries des Gobelins, qui traversait les cours de l'archevêché, en longeant l'église et aboutissant au portail. Les Dames des Princesses, les Officiers civils des Princes et ceux des Princesses qui ne devaient pas le suivre dans la nef, se sont rendus de l'archevêché dans les tribunes qui leur étaient destinées.

Dans la marche du cortége impérial de l'archevêché à l'église, on a observé l'ordre suivant, avec dix pas de distance entre chaque groupe :

Les Huissiers, sur quatre de front;

Les Hérauts d'armes, sur deux de front;

Le Chef des Hérauts d'armes *(absent)* ;

Les Pages, sur quatre de front ;

MM. *Aignan* et *Dargainaratz*, Aides des cérémonies ;

MM. *de Salmatoris* et *de Cramayel*, Maîtres des cérémonies ;

M. *de Ségur*, grand Maître des cérémonies ;

M. le Maréchal *Serrurier*, portant le coussin destiné à recevoir l'anneau de l'Impératrice, qu'il avait présenté à S. M. avant la cérémonie ; à sa gauche M. le Général *Gardane*, Gouverneur des Pages ; à sa droite, M. le Colonel *Fouler*, Écuyer ;

M. le Maréchal *Moncey*, portant la corbeille qui devait recevoir le manteau de l'Impératrice, et ayant à sa gauche M. le Colonel *Vatier*, Écuyer ; à droite, M. *de Beaumont*, Chambellan ;

M. le Maréchal *Murat*, portant, sur un coussin, la couronne de l'Impératrice ; à sa gauche, M. *d'Haneucourt*, Capitaine des chasses, Commandant de la Vénerie ; à droite, M. *d'Aubusson*, Chambellan ;

L'Impératrice avec le manteau impérial, mais sans anneau et sans couronne ;

LL. AA. II. Mesdames les Princesses *Joseph*, *Louis*, *Élisa*, *Pauline et Caroline*, soutenant le manteau de S. M. ; M. le Sénateur *d'Harville*, premier Écuyer, et M. le Général *Nansouty*, premier Chambellan de l'Impératrice, l'un à sa droite, l'autre à sa gauche, et un peu en arrière de Madame la Princesse *Joseph*, qui marchait la première ; le manteau de chaque Princesse était soutenu par un Officier de sa maison ;

(23)

Madame *de la Rochefoucault*, Dame d'honneur de l'Impératrice ;

Madame *de la Valette*, Dame d'atours ;

<table>
<tr><td rowspan="11">Mesdames</td><td>*de Luçay,*</td><td rowspan="11">Dames du Palais ;</td></tr>
<tr><td>*de Remusat,*</td></tr>
<tr><td>*de Talhouet,*</td></tr>
<tr><td>*de Lauriston,*</td></tr>
<tr><td>*la Maréchale Ney,*</td></tr>
<tr><td>*Darberg,*</td></tr>
<tr><td>*Duchâtel,*</td></tr>
<tr><td>*de Séran,*</td></tr>
<tr><td>*de Colbert,*</td></tr>
<tr><td>*Savary,*</td></tr>
</table>

M. le Maréchal *Kellermann*, portant la couronne de *Charlemagne* ; à sa gauche, M. *Auguste Talleyrand*, Chambellan ; à sa droite, M. le Colonel *Defrance*, Écuyer ;

M. le Maréchal *Pérignon*, portant le sceptre de *Charlemagne* ; à sa gauche, M. *Darberg*, Chambellan ; et à sa droite, M. le Colonel *Lebrun*, Aide-de-camp ;

M. le Maréchal *Lefebvre*, portant l'épée de *Charlemagne* ; à sa gauche, M. le Colonel *Fontanelli*, Aide-de-camp ; à sa droite, M. le Colonel *Lefebvre*, Écuyer ;

M. le Maréchal *Bernadotte*, portant le collier de l'Empereur ; à sa gauche, M. *de Luçay*, premier Préfet du Palais ; à sa droite, M. le Général *Rapp*, Aide-de-camp ;

M. le Colonel général *Beauharnais* portant l'anneau de S. M. ; à sa gauche, M. *Estève*, Trésorier général de la Couronne ; à sa droite, M. le Général *Savary*, Aide-de-camp ;

M. le Maréchal *Berthier*, portant le globe impérial ; à sa

gauche, M. le Général *le Marois*, Aide-de-camp ; à sa droite,
M. le Général *Caffarelli*, Aide-de-camp ;

M. *de Talleyrand*, grand Chambellan, portant la corbeille
destinée à recevoir le manteau de l'Empereur ; à sa gauche,
M. le Général *Lauriston*, Aide-de-camp ; à sa droite, M. *de
Remusat*, premier Chambellan ;

L'Empereur, portant dans ses mains le sceptre et la main
de justice, et la couronne sur la tête ;

LL. AA. II. les Princes *Joseph* et *Louis*, et LL. AA. SS.
l'Archi-chancelier et l'Archi-trésorier, soutenant le manteau
de l'Empereur ;

M. le Général *Caulaincourt*, grand Écuyer, MM. les Maréchaux *Soult* et *Bessières*, Colonels généraux de la garde,
de service, et M. le Général *Duroc*, grand Maréchal du
Palais, tous les quatre de front ; et MM. les Maréchaux
Davoust et *Mortier*, Colonels généraux de la garde, derrière
leurs collègues ;

Les Ministres, sur quatre de front ; savoir :
MM. *Regnier*, Grand-Juge Ministre de la justice ;
  Champagny, Ministre de l'intérieur ;
  le Vice-amiral *Decrès*, Ministre de la marine ;
  Gaudin, Ministre des finances ;
  Barbé-Marbois, Ministre du trésor public ;
  le Général *Dejean*, Directeur de l'administration de
    la guerre ;
  Portalis, Ministre des cultes ;
  le Sénateur *Fouché*, Ministre de la police générale ;
  Maret, Secrétaire d'État ;
  Marescalchi, Ministre des relations extérieures de la
    République italienne ;

Les

Les Maréchaux d'Empire, non employés à porter les honneurs, savoir :

MM. le Maréchal *Augereau*, commandant en chef le camp de Brest;

le Maréchal *Masséna*;

le Maréchal *Jourdan*, commandant en chef l'armée française en Italie;

le Maréchal *Lannes*, Ambassadeur en Portugal,

et le Maréchal *Ney*, commandant en chef le camp de Miontreul;

Les autres grands Officiers militaires sur quatre de front, savoir :

MM. le Général *Junot*, Colonel général des hussards;

le Général *Baraguay - d'Illiers*, Colonel général des dragons;

le Général *Songis*, premier Inspecteur général de l'artillerie;

le Général *Marescot*, premier Inspecteur général du génie;

le Vice-amiral *Bruix*, Inspecteur général des côtes de l'Océan.

A l'arrivée de LL. MM. au portail, une nouvelle salve d'artillerie s'est fait entendre.

L'eau bénite a été présentée à l'Impératrice par M. le Cardinal *Cambacérés*, et à l'Empereur par M. le Cardinal Archevêque de Paris. Ils ont complimenté LL. MM., et les ont conduites chacune processionnellement sous un dais porté par des Chanoines, jusqu'à la place qu'elles devaient occuper dans le chœur, où elles ont été encensées par deux Chanoines. Tout le clergé qui avait attendu LL. MM. au

D

portail, les a précédées en ordre inverse en retournant au chœur, où il a repris sa place.

Depuis l'entrée de LL. MM. dans l'église jusqu'à leur arrivée au petit trône, la musique impériale et celle de la garde ont exécuté une grande marche de triomphe.

La marche, depuis le portail jusqu'à l'entrée du chœur, a continué dans le même ordre; mais les Ministres et les grands Officiers militaires qui suivaient l'Empereur, ont tourné à gauche du trône, auprès duquel ils ont été se placer sur des gradins, au-dessus des Conseillers d'état, les premiers à droite, les seconds à gauche.

En arrivant à la porte du chœur, les Huissiers, et successivement les Hérauts d'armes et les Pages, se sont arrêtés et ont bordé la haie, à droite et à gauche, dans la nef.

Lorsque le cortége impérial est entré dans le chœur, la partie qui était restée dans la nef, s'est rangée en ordre inverse par la contre-marche, de manière à se trouver placée dans son ordre pour accompagner LL. MM. lorsqu'elles iraient au grand trône.

Le reste du cortége a continué sa marche depuis la porte du chœur jusqu'aux degrés du sanctuaire, excepté les Aides-de-camp et les Officiers civils, qui ont bordé la haie en entrant dans le chœur, à droite et à gauche.

Avant d'arriver à ces degrés, les grands Officiers qui précédaient l'Impératrice se sont rangés à gauche, et ceux qui précédaient l'Empereur se sont rangés à droite pour laisser passer LL. MM. dans le sanctuaire.

L'Empereur et l'Impératrice sont allés se placer sur des fauteuils qui leur avaient été préparés dans le sanctuaire, sous un dais.

Les places autour des trônes de LL. MM. ont été occupées ainsi qu'il suit :

Derrière l'Empereur, les deux Princes et les deux grands Dignitaires ;

Derrière les Princes, les Colonels généraux de la garde, le grand Maréchal, les deux grands Officiers portant l'anneau et le collier de l'Empereur, et celui qui portait le globe ;

A droite des Princes, et en obliquant en avant, le grand Chambellan et le grand Écuyer ;

Derrière eux, deux Chambellans ;

Derrière l'Impératrice, les Princesses ; derrière les Princesses, les Dames du Palais ;

A gauche des Princesses, et en obliquant en avant, la Dame d'honneur, la Dame d'atours ; derrière elles, le premier Écuyer et le premier Chambellan de l'Impératrice ; à gauche de la Dame d'atours, et en obliquant en avant, les trois grands Officiers portant les honneurs de l'Impératrice ;

Le grand Maître et un Maître des cérémonies à la droite, près de l'autel ;

Un autre Maître des cérémonies à gauche, près le trône du Pape et de l'autel ;

Les Aides des cérémonies, à droite et à gauche, à l'entrée du sanctuaire.

LL. MM. étant ainsi placées, les grands Officiers qui portaient les honneurs de *Charlemagne,* sont allés se ranger de front en face de l'autel, au bas de la dernière marche du sanctuaire.

Au moment où LL. MM. sont entrées dans le chœur, le Pape est descendu de son trône, est allé à l'autel, et a commencé le *Veni Creator.*

D 2

Le clergé s'est tenu à genoux pendant la première strophe de cette hymne, qui a été terminée par le verset et l'oraison suivans :

℣. Emitte spiritum tuum et creabuntur ;

℟. Et renovabis faciem terræ.

℣. Seigneur, donnez-nous votre esprit, et nos cœurs recevront par lui une nouvelle vie.

℟. Et vous renouvellerez la face de la terre.

OREMUS.

Deus qui corda fidelium sancti Spiritûs illustratione docuisti, da nobis in eodem spiritu recta sapere, et de ejus semper consolatione gaudere. Per Dominum, &c.

ORAISON.

O Dieu, qui instruisez les cœurs des fidèles par les lumières de l'Esprit saint, accordez-nous la grâce de recevoir avec docilité et de pratiquer avec fruit les vérités qu'il enseigne, et de jouir éternellement de ses divines consolations. Par les mérites de Jésus-Christ.

Pendant cette hymne, l'Empereur et l'Impératrice ont fait un instant leur prière sur leur prie-dieu, et se sont levés. L'Archi-chancelier, passant à la droite de l'Empereur, a salué successivement l'autel et S. M., s'est approché assez pour que l'Empereur lui remît la main de justice ; et sans tourner le dos ni à S. M. ni à l'autel, il a reculé à droite et en avant du grand Chambellan.

L'Archi-trésorier a suivi la même marche ; il a reçu le sceptre, et est allé se placer à gauche et au-dessous de l'Archi-chancelier, entre lui et le grand Chambellan.

Après lui, le grand Électeur a ôté la couronne, et est allé se placer à la droite de l'Archi-chancelier.

Le grand Officier qui devait porter le collier, s'est

approché du grand Chambellan, qui a ôté le collier, et le lui a remis.

Le grand Chambellan et le grand Écuyer se sont approchés ensuite et ont détaché le manteau, l'ont placé sur leurs corbeilles, et sont allés reprendre leurs places.

Le Connétable s'est approché de même ; l'Empereur a tiré son épée, et la lui a remise ; le Connétable est allé se placer à la gauche du grand Électeur, entre lui et l'Archi-chancelier.

Le grand Officier qui devait porter l'anneau, est allé le recevoir des mains du grand Chambellan, et s'est placé à sa droite et à celle du grand Écuyer.

Le grand Officier qui portait le globe, est allé se mettre à la gauche de celui qui portait l'anneau.

Pendant ce temps, la Dame d'honneur et la Dame d'atours se sont approchées, ont détaché le manteau de l'Impératrice, l'ont ployé sur leurs corbeilles, et sont allées reprendre leurs places.

Enfin, le grand Officier qui devait porter l'anneau, s'est approché pour le recevoir des mains de la Dame d'honneur, et est allé se placer à sa gauche et à celle de la Dame d'atours.

Les grands Dignitaires et les grands Officiers ci-dessus désignés sont allés successivement porter sur l'autel les ornemens impériaux, dans l'ordre suivant :

La couronne de l'Empereur,

L'épée,

La main de justice,

Le sceptre,

Le manteau de l'Empereur,

Son anneau,

Son collier,

Le globe impérial,

La couronne de l'Impératrice,

Son manteau,

Son anneau.

Ces grands Officiers sont allés ensuite successivement reprendre leurs places.

Les grands Officiers portant les honneurs de *Charlemagne*, ont conservé constamment les places qu'ils occupaient au bas des marches du sanctuaire.

Le souverain Pontife, après avoir chanté debout le *Veni Creator* et l'oraison ci-dessus, s'est assis sur son faldistoire, ayant la mitre sur la tête, et a fait à l'Empereur la demande suivante :

Profiteris-ne, charissime in Christo Fili, et promittis coram Deo et angelis ejus, deinceps legem, justitiam, et pacem, Ecclesiæ Dei, populoque tibi subjecto pro posse et nosse, facere ac servare salvo condigno misericordiæ Dei respectu, sicut in concilio fidelium tuorum meliùs poteris invenire, ac invigilare ut Pontificibus ecclesiarum Dei condignus et canonicus honos exhibeatur ?

Professez-vous, notre cher Fils en J. C., et promettez-vous devant Dieu et les anges, de faire observer la loi, de rendre la justice à tous vos sujets, de maintenir la paix dans l'Église de Dieu avec le secours de sa grâce, de la manière que vous jugerez la plus convenable, d'après l'avis de vos fidèles conseillers, et de veiller à ce que les Pontifes de l'Église jouissent du respect et des honneurs qui leur sont dus suivant les saints canons !

L'Empereur, en touchant des deux mains le livre des

Évangiles que le grand Aumônier lui a présenté, a répondu, *Profiteor.*

S. S. a récité ensuite l'oraison suivante :

OREMUS.

Omnipotens sempiterne Deus , creator omnium , Imperator Angelorum, Rex Regum , et Dominus Dominantium , qui Abraham fidelem servum tuum , de hostibus triumphare fecisti, Moysi et Josue populo tuo prælatis multiplicem victoriam tribuisti, humilemque David puerum tuum imperii fastigio sublimasti , et Salomonem sapientiæ pacisque ineffabili munere ditasti ; respice quæsumus, Domine , ad preces humilitatis nostræ, et super hunc famulum tuum NAPOLEONEM , quem supplici devotione in Imperatorem consecraturi sumus , ac Consortem ejus benedictionum ✠ tuarum dona multiplica , eosque dexteræ tuæ potentiâ semper et ubique circumda ; quatenùs prædicti Abrahæ fidelitate firmati , Moysis mansuetudine freti , Josue fortitudine

ORAISON.

Dieu tout-puissant et éternel , créateur de toutes choses, souverain des Anges, roi des rois, seigneur des seigneurs , qui avez fait triompher de ses ennemis Abraham votre fidèle serviteur, qui avez fait remporter un grand nombre de victoires à Moïse et à Josué , chefs de votre peuple , qui avez tiré David de l'obscurité pour l'élever sur le trône , qui avez enrichi Salomon de l'ineffable don de la sagesse, et l'avez fait régner en paix ; écoutez nos très-humbles prières, et répandez vos bénédictions les plus abondantes sur votre serviteur NAPOLÉON, que nous allons consacrer Empereur des Français, et sur l'Impératrice son épouse ; environnez les de votre force et de votre puissance dans toutes les occasions , afin que, doués de la fidélité constante d'Abraham, de la douceur de Moïse, de la force de Josué , de l'humilité de David et de la sagesse de Salomon , ils vous plaisent en toutes choses , et marchent d'un

muniti, David humilitate exaltati, Salomonis sapientiâ decorati, tibi in omnibus complaceant, et per tramitem justitiæ inoffenso gressu semper incedant ; tuæ quoque protectionis galeâ muniti, et scuto insuperabili jugiter protecti, armisque cœlestibus circumdati, optabilis de hostibus sanctæ Crucis Christi victoriæ triumphum feliciter capiant, terroremque suæ potentiæ illis inferant, et pacem tibi militantibus lætanter reportent. Per Christum Dominum nostrum, qui virtute sanctæ Crucis Tartara destruxit, regnoque diaboli superato, ad Cœlos victor ascendit, in quo potestas omnis, regnique consistit victoria, qui est gloria humilium, et vita salusque populorum, qui tecum vivit et regnat in unitate Spiritûs sancti Deus, per omnia sæcula sæculorum.

Amen.

pas ferme et sûr dans le sentier de la justice ; faites, ô mon Dieu, que, protégés par votre toute-puissance, et munis de ces armes divines auxquelles rien ne résiste, ils triomphent heureusement et selon nos desirs, de tous leurs ennemis, qu'ils leur impriment une terreur salutaire, et procurent aux fidèles qui vous honorent et qui vous servent, une paix solide et durable. Par J. C. notre souverain Seigneur, qui, par la vertu de la Croix, a vaincu les puissances de l'Enfer, a triomphé de l'esprit de ténèbres, et est monté glorieusement au Ciel, et à qui appartiennent par excellence le pouvoir, le règne éternel et la victoire, qui est la gloire des humbles, la vie et la sagesse des peuples, et qui vit et règne avec vous dans les siècles des siècles.

Ainsi soit-il.

Cette oraison étant terminée, le Pape, les Archevêques et Évêques, ayant la mitre sur la tête, ont récité, à genoux, les litanies, pendant lesquelles LL. MM. sont restées assises sur le petit trône.

Après

Après le verset, *Ut omnibus fidelibus defunctis...* S. S. s'est levée, et, tournée du côt éde l'Empereur et de l'Impératrice, elle a récité les trois versets, *Ut hunc famulum tuum , &c. ,* pendant lesquels LL. MM. se sont mises à genoux en s'inclinant.

Les Évêques ont fait, à l'exemple de S. S. et conjointement avec elle, des signes de croix en forme de bénédiction; on a continué ensuite de réciter les litanies jusqu'au *Pater.*

Les litanies récitées, Sa Sainteté s'est levée; les Évêques ont quitté leurs mitres, et, demeurant à genoux , ils ont récité , avec le souverain Pontife, les versets et oraisons qui suivent :

℣. Et ne nos inducas in tentationem ;

℟. Sed libera nos à malo.

℣. Salvos fac servos tuos , Domine,

℟. Deus meus sperantes in te.

℣. Esto eis, Domine, turris fortitudinis ,

℟. A facie inimici.

℣. Nihil proficiat inimicus in eis ,

℟. Et filius iniquitatis non apponat nocere eis.

℣. Domine, exaudi orationem meam ,

℣. Et ne nous laissez pas succomber à la tentation ;

℟. Mais délivrez-nous du mal.

℣. Seigneur , sauvez vos serviteurs ,

℟. Qui espèrent en vous , ô mon Dieu !

℣. Soyez pour eux , comme une forteresse ,

℟. A la vue de l'ennemi.

℣. Que leur ennemi n'ait point d'avantage sur eux ,

℟. Et que l'enfant de l'iniquité n'entreprenne pas de leur nuire.

℣. Seigneur , exaucez ma prière ,

E

℟. Et clamor meus ad te veniat.

℟. Et que ma voix s'élève jusqu'à vous.

℣. Dominus vobiscum ,

℣. Que le Seigneur soit avec vous ,

℟. Et cum spiritu tuo.

℟. Et avec votre esprit.

OREMUS.

Prætende , quæsumus , Domine , famulo tuo NAPOLEONI et Consorti ejus dexteram cœlestis auxilii, ut te toto corde perquirant, et quæ dignè postulant , consequi mereantur. Per Christum Dominum nostrum , &c. Amen.

ORAISON.

Accordez , Seigneur, le secours de votre grâce céleste à votre serviteur NAPOLÉON et à l'Impératrice son épouse , afin qu'ils vous cherchent de tout leur cœur, et qu'ils méritent d'obtenir ce qu'ils vous demandent humblement. Par Jésus-Christ notre Seigneur, &c.

Ainsi soit-il.

OREMUS.

Actiones nostras, quæsumus, Domine , aspirando præveni, et adjuvando prosequere , ut cuncta nostra oratio et oratio à te semper incipiat, et per te cœpta finiatur. Per Dominum nostrum Jesum Christum filium tuum , &c. Amen.

ORAISON.

Nous vous supplions, Seigneur, de prévenir nos actions par votre esprit , et de les diriger par une assistance particulière de votre grâce , afin que toutes nos prières et toutes nos œuvres sortent de vous comme de leur principe , et se rapportent à vous comme à leur fin. Par notre Seigneur Jésus-Christ, &c. Ainsi soit-il.

Ces oraisons étant finies, le souverain Pontife s'est assis sur son faldistoire devant l'autel , ayant la mitre sur la tête ; S. E. M.ᵍʳ le Cardinal *Fesch ,* grand Aumônier de France, et S. E. M.ᵍʳ le Cardinal *de Belloy ,* le premier des Cardinaux français Archevêques, M. *de Rohan*, premier Aumônier de l'Impératrice, le plus ancien Archevêque, et M. *de Beaumont*, Évêque de Gand, le plus ancien Évêque français, avertis par le grand Maître des cérémonies et par M. l'abbé *de Pradt*, Aumônier ordinaire de l'Empereur, nommé par S. M. Maître des cérémonies du clergé pour la cérémonie du couronnement, se sont rendus auprès de LL. MM., leur ont fait une inclination profonde, et les ont conduites au pied de l'autel pour y recevoir l'onction sacrée. Personne n'a suivi LL. MM. dans cette marche.

. LL. MM. se sont mises à genoux, au pied de l'autel, sur des carreaux.

S. S. a fait à l'Empereur une triple onction, l'une sur la tête, les autres dans les deux mains, en récitant les prières suivantes avec les Évêques, qui avaient leur mitre sur la tête :

OREMUS.	ORAISON.

Deus Dei Filius, Jesus Christus Dominus noster, qui à Patre oleo exultationis unctus est præ participibus tuis, ipse, per præsentem sanctæ unctionis infusionem, Spiritûs Paracleti super caput tuum bene- ✠ dictionem infundat, eamdemque usque ad interiora cordis tui penetrare faciat; quatenùs hoc visibili et tractabili oleo, dona invisibilia percipere, et tempo-

Que notre Seigneur Jésus-Christ, Fils de Dieu, qui a été sacré par son Père d'une huile de joie et de triomphe, d'une manière plus excellente que tous ceux qui participent à sa gloire, répande sur votre tête, par l'effusion de cette huile sainte, la bénédiction du Saint-Esprit, et qu'il en pénètre votre cœur; afin que, par ce don visible et sensible, vous méritiez d'avoir part aux biens invisibles, et qu'après

rali Imperio justis moderationibus peracto, æternaliter cum eo regnare merearis, qui solus sine peccato, Rex Regum vivit, et gloriatur cum Deo Patre in unitate Spiritûs sancti Deus, per omnia sæcula sæculorum. Amen.

OREMUS.

Omnipotens sempiterne Deus, qui Hazaël super Syriam, et Jehu super Israël per Eliam, David quoque et Saülem per Samuelem prophetam in Reges inungi fecisti, tribue quæsumus, manibus nostris, opem tuæ benedictionis, et huic famulo tuo NAPOLEONI quem hodiè, licet indigni, in Imperatorem sacrâ unctione delinimus, dignam delibutionis hujus efficaciam et virtutem concede; constitue, Domine, principatum super humerum ejus, ut sit fortis, justus, fidelis, providus, et indefessus Imperii hujus et populi tui gubernator, infidelium expugnator, justitiæ cultor, meritorum et demeritorum remune-

avoir gouverné avec une juste modération un Empire temporel, vous méritiez de régner avec celui qui, seul, Roi des Rois, et sans péché, vit et est glorifié avec Dieu le Père dans l'unité du même Esprit, dans tous les siècles des siècles.

Ainsi soit-il.

ORAISON.

Dieu tout-puissant et éternel, qui avez établi Hazaël pour gouverner la Syrie, et Jéhu roi d'Israël, en leur manifestant vos volontés par l'organe du prophète Élie ; qui avez également répandu l'onction sainte des Rois sur la tête de Saül et de David, par le ministère du prophète Samuel, répandez, par nos mains, les trésors de vos grâces et de vos bénédictions sur votre serviteur NAPOLÉON, que, malgré notre indignité personnelle, nous consacrons aujourd'hui Empereur, en votre nom. Rendez-le, Seigneur, le dépositaire et l'organe de votre puissance ; faites qu'il gouverne cet Empire et ce peuple chéri en esprit de force, de justice, de fidélité, de prévoyance, de courage et de persévérance ; qu'il soit la terreur des

rator, Ecclesiæ tuæ sanctæ et Fidei christianæ defensor, ad decus et laudem tui nominis gloriosi. Per Dominum nostrum Jesum Christum Filium tuum, qui tecum vivit et regnat in unitate Spiritûs sancti Deus. Per omnia sæcula sæculorum. Amen.

infidèles, le distributeur impartial de la justice, le rémunérateur de ceux qui font le bien, le fléau de ceux qui s'abandonnent au mal, le défenseur de votre sainte Église, et le protecteur de la Foi chrétienne pour la gloire de votre nom. Par Jésus-Christ notre Seigneur, &c.

Ainsi soit-il.

S. S. a fait ensuite les mêmes onctions à l'Impératrice, en récitant avec les Évêques l'oraison suivante :

OREMUS.

Deus Pater æternæ gloriæ sit tibi adjutor, et Omnipotens benedicat tibi ; preces tuas exaudiat ; vitam tuam longitudine dierum adimpleat ; benedictionem tuam jugiter confirmet ; te cum omni populo in æternum conservet ; inimicos tuos confusione induat, et super te Christi sanctificatio, atque hujus olei infusio floreat ; ut qui tibi in terris tribuit benedictionem, ipse in Cœlis conferat meritum Angelorum, ac benedicat te et custodiat in vitam æternam Jesus Christus Dominus noster, qui vivit et regnat Deus, in sæcula sæculorum. Amen.

ORAISON.

Que Dieu le Père, auteur et source de toute gloire, soit votre soutien ; que le Tout-Puissant vous bénisse ; qu'il exauce vos vœux et vos prières ; qu'il prolonge le nombre et la durée de vos jours précieux ; qu'il répande sur vous les trésors de sa grâce, et vous conserve à jamais avec tout le peuple français ; qu'il couvre de confusion vos ennemis ; qu'avec cette huile sainte répandue sur votre front, la grâce sanctifiante de Jésus-Christ pénètre votre cœur, afin que celui qui vous fait régner sur la terre, vous couronne un jour dans le Ciel avec les Anges. Soyez à jamais comblée des bénédictions que nous a méritées pour la vie éternelle, Jésus-Christ notre Seigneur, qui vit et règne dans les siècles des siècles.

Ainsi soit-il.

Pendant le sacre, la musique impériale a exécuté le motet suivant :

Unxerunt Salomonem, Sadoch sacerdos , et Nathan propheta Regem in Sion , et accedentes læti dixerunt : Vivat in æternum !	Le p^{rê}tre Sadoch et le prophète Nathan sacrèrent Salomon dans Sion ; et s'approchant de lui, ils lui dirent avec joie : Vivez éternellement !

Après cette cérémonie, LL. MM. ont été reconduites sur leur petit trône par les mêmes Cardinaux, Archevêques et Évêques qui les avaient été chercher.

Les onctions ont été essuyées sur les petits trônes par le grand Aumônier de l'Empereur et par le premier Aumônier de l'Impératrice.

Pendant ce temps, S. S. a commencé la grande messe pontificale, et l'a continuée jusqu'à l'*alleluia* du graduel exclusivement ; les Évêques ont récité avec le Pape le psaume *Judica,* ainsi que les autres prières jusqu'à l'*introït* exclusivement.

Cette messe, qui était la messe votive solennelle de *la Vierge pendant l'Avent,* comme patrone de l'église métropolitaine, et protectrice de la France, a été composée par M. *Paesiello,* ancien Maître de chapelle de S. M. I., et exécutée par environ cinq cents musiciens attachés à la musique impériale, à l'académie impériale de musique et autres établissemens.

Immédiatement après le chant du graduel, S. S. a béni, dans l'ordre et avec les prières qui suivent, les ornemens impériaux.

℣. Adjutorium nostrum in nomine Domini ,	℣. Notre secours est dans le nom du Seigneur,

R⁄. Qui fecit Cœlum et terram.

℣. Sit nomen Domini benedictum ,

R⁄. Ex hoc nunc et usque in sæculum.

℣. Domine, exaudi orationem meam ,

R⁄. Et clamor meus ad te veniat.

℣. Dominus vobiscum ,

R⁄. Et cum spiritu tuo.

R⁄. Qui a créé le Ciel et la terre.

R⁄. Que le nom du Seigneur soit béni,

R⁄. Maintenant et dans tous les siècles.

℣. Seigneur, exaucez ma prière,

R⁄. Et que mes cris montent jusqu'à vous.

℣. Que le Seigneur soit avec vous ,

R⁄. Et avec votre esprit.

BÉNÉDICTION DE L'ÉPÉE IMPÉRIALE.

OREMUS.

Exaudi, quæsumus, Domine, preces nostras ; et hunc gladium , quo famulus tuus NAPOLEO se accingi desiderat, Majestatis tuæ dexterâ bene- ✠ dicere dignare , quatenùs defensio atque protectio possit esse Ecclesiarum , viduarum , orphanorum, omniumque Deo servientium , contrà sævitiam infidelium ; aliisque insidiantibus sit pavor, terror et formido. Per Dominum nostrum Jesum Christum Filium tuum.

Amen.

ORAISON.

Exaucez nos prières , Seigneur , et daignez bénir de votre main cette épée , dont votre serviteur NAPOLÉON veut être ceint , afin qu'elle puisse lui servir à défendre et à protéger les Églises, les veuves , les orphelins et tous vos serviteurs , contre la cruauté des infidèles : que cette épée inspire , à quiconque oserait lui tendre des piéges, la crainte et la terreur. Par notre Seigneur Jésus-Christ, votre Fils, qui, étant Dieu, vit et règne avec vous en l'unité du Saint-Esprit.

Ainsi soit-il.

BÉNÉDICTION DES MANTEAUX IMPÉRIAUX.

OREMUS.

Omnipotens Déus, qui pallio Eliæ Jordanis aquas divisisti, quique, per idem, Eliseo servo tuo duplicem spiritum infudisti, exaudi, quæsumus, preces nostras, et hæc vestimenta bene- + dictionis tuæ rore perfunde, ut qui ea in signum potestatis induerint, virtutis tuæ sentiant effectum, diù vivant, prosperè procedant, pacificè regnent in terris, ac tecum in Cœlis Sanctorum gloriâ vestiti gestiant. Per Dominum, &c.

ORAISON.

Dieu tout-puissant, qui, par la vertu attachée, par vous, au manteau d'Élie, avez séparé les eaux du Jourdain, et qui, par cette même vertu, avez communiqué à votre serviteur Élisée le double esprit dont le prophète Élie était doué, daignez exaucer nos prières, et répandre l'abondance de vos bénédictions sur ces vêtemens, afin que ceux qui les porteront en signe de la puissance dont ils sont revêtus, ressentent les salutaires effets de votre grâce, jouissent d'une longue vie, marchent toujours dans la voie de la prospérité, règnent en paix sur la terre, et méritent d'être un jour dans le Ciel revêtus de la gloire et de la splendeur qui environnent les Saints. Par les mérites de Jésus-Christ notre Seigneur, &c.

BÉNÉDICTION DES ANNEAUX IMPÉRIAUX.

OREMUS.

Deus totius creaturæ principium et finis, creator et conservator generis humani, dator gratiæ spiritualis, largitor æternæ salutis, emitte bene+dictionem tuam super hos annulos, ipsosque sancti+ficare digneris:

ORAISON.

O Dieu, qui êtes le principe et la fin de toutes les créatures, et le conservateur du genre humain, qui accordez la grâce spirituelle et le salut éternel, répandez votre bénédiction sur ces anneaux, et daignez les sanctifier ; afin qu'étant, pour

ut qui per eos famulis tuis ho-
noris insignia concedis, virtutum præmia largiaris , quo
discretionis habitum semper
retineant , et veræ fidei fulgore præfulgeant, sanctæ quoque Trinitatis armati muni-
mine , inexpugnabili virtute
acies diaboli constanter evin-
cant, et ipsis ad veram salu-
tem mentis et corporis profi-
ciant, Per Christum , &c.

vos serviteurs , le signe représentatif
des honneurs dont ils jouissent , ils
le soient aussi de leurs vertus ; qu'ils
conservent toujours l'esprit de dis-
cernement, qu'ils brillent de l'éclat
que donne la vraie foi ; qu'armés
du bouclier de la puissance divine ,
et devenus invincibles par lui , ils
triomphent de tous les efforts de
l'esprit de ténèbres , et jouissent ici
bas de tous les biens spirituels et
temporels. Par J. C. N. S. , &c.

BÉNÉDICTION DES COURONNES
DE L'EMPEREUR ET DE L'IMPÉRATRICE.

OREMUS.

Omnipotens sempiterne Deus,
qui terrenos reges et imperatores ad exemplum Davidis dilecti
tui, Salomonis et Joæ , diade-
matibus insigniri voluisti , ut
dum regnant in terris gemma-
rum fulgore et ornamentorum
splendore vivam tuæ majestatis exhibeant imaginem, effun-
de, quæsumus, super coronas
istas bene✝dictionem tuam, ut
qui eas gestaverint, virtutum
nitore fulgeant, regique sæculorum immortali, qui se spinis

ORAISON.

Dieu tout - puissant et éternel ,
qui avez voulu qu'à l'exemple de
David , de Salomon et de Joas , le
front des Rois et des Empereurs fût
ceint du diadême, afin que, par l'é-
clat des pierreries et la splendeur de
leurs ornemens, ils fussent aux yeux
des peuples, pendant qu'ils règnent
sur la terre , la vive et frappante
image de la majesté qui vous environne, répandez, nous vous en conjurons , votre bénédiction sur ces
couronnes, afin que ceux qui les
porteront sur la terre brillent de l'é-
clat de toutes les vertus , et qu'en
marchant par leur humilité , leur

coronari passus est , humilitate , misericordiâ et mansuetudine configurati per bonorum operum fructus immarcessibilem gloriæ coronam percipere mereantur. Per eumdem Christum Dominum nostrum , &c.

clémence et leur esprit de douceur , sur les traces du Roi immortel des siècles , qui a souffert qu'on le couronnât d'épines , ils méritent de recevoir, dans le Ciel , cette couronne de gloire que la révolution des siècles ne détruira jamais. Par Jésus-Christ , &c.

BENEDICTIO GLOBI.

Omnipotens et misericors Deus , qui diversos rerum eventus ineffabili providentiâ disponis, orbique regendo potestatis tuæ ministros Imperatores, Reges et Principes præficere dignatus es : benedic, quæsumus , globum hunc , et præsta, ut sicuti famulo tuo NAPOLEONI, supremæ potestatis insigne futurum est , ita , et ipsi gratiarum tuarum fons et causa fiat , quibus potenter adjutus secundùm propositum voluntatis tuæ inclytam hujus partem orbis , ipsius regimini à te commissam, sapienter et feliciter administrare valeat. Per Christum , &c.

BÉNÉDICTION DU GLOBE.

Dieu tout-puissant et miséricordieux , qui réglez tous les événemens par votre ineffable providence , et qui avez daigné établir pour gouverner l'univers , des Empereurs, des Rois et des Princes , dépositaires de votre puissance , daignez , nous vous en conjurons, répandre vos bénédictions sur ce globe , afin qu'il soit tout-à-la-fois , pour votre serviteur NAPOLÉON, et le signe de la suprême puissance qui lui est confiée, et la source féconde des grâces qu'il attend de vous. Faites , ô mon Dieu, que , par le secours de cette même grâce , il gouverne selon votre volonté , et avec autant de bonheur que de sagesse, l'illustre portion de ce vaste univers que vous avez confié à ses soins.

Pendant cette cérémonie, LL. MM. sont restées assises sur le petit trône.

Les bénédictions étant faites, LL. MM. se sont rendues de nouveau au pied de l'autel, conduites par les mêmes Cardinaux, Archevêques et Évêques qui les avaient accompagnées aux onctions : l'Archi-chancelier, l'Archi-trésorier, le grand Chambellan, le grand Écuyer et deux Chambellans, ont suivi l'Empereur à l'autel, et se sont placés derrière lui ; la Dame d'honneur et la Dame d'atours, M. le Maréchal *Moncey*, le premier Écuyer et le premier Chambellan, ont suivi l'Impératrice à l'autel, et se sont placés derrière elle ; toutes les autres personnes du cortége sont restées chacune à leur place.

La tradition des ornemens de l'Empereur a été faite par le Pape à S. M., dans l'ordre qui suit :

L'anneau ;

L'épée, que S. M. a mise dans le fourreau ;

Le manteau, qui lui a été attaché par le grand Chambellan et le grand Écuyer.

Le globe, que l'Empereur a remis à l'instant au grand Officier chargé de le recevoir ;

La main de justice ;

Le sceptre.

L'Empereur, portant dans ses mains ces deux derniers ornemens, a fait sa prière.

Pendant le temps de la prière, la tradition des ornemens de l'Impératrice a été faite à S. M. par le Pape, dans l'ordre suivant :

L'anneau ;

Le manteau, qui a été attaché par la Dame d'honneur et la Dame d'atours.

F 2

Pendant la tradition des ornemens de l'Empereur et de l'Impératrice, la musique impériale a exécuté le motet suivant :

Accingere gladio tuo super femur tuum, potentissime, specie tuâ et pulchritudine tuâ intende, prosperè procede, et regna.

O vous ! qui êtes le fort d'Israël, prenez votre épée, et disposez-vous au combat ; frappez vos ennemis par l'éclat qui vous environne ; marchez à grands pas dans la voie de la prospérité, et régnez à jamais.

Le Pape a prononcé la prière analogue à chacun de ces ornemens, ainsi qu'il suit :

TRADITIO ANNULORUM.

Accipite hos annulos, signaculum Fidei sanctæ, argumentum potentiæ, ac soliditatis Imperii, per quos sciatis triumphali potentiâ hostes vincere, hæreses destruere, subditos coadunere, et catholicæ Fidei perseverabiliter connecti.

TRADITION DES ANNEAUX.

Recevez ces anneaux, qui sont le signe de la Foi, de la dignité impériale dont vous êtes revêtus, et la marque de votre puissance, afin que par leurs secours et les bénédictions qui y sont attachées, vous triomphiez de vos ennemis, vous détruisiez l'hérésie, vous teniez vos sujets dans l'union, et demeuriez persévéramment attachés à la Foi catholique.

TRADITIO ENSIS.

Accipe gladium de altari sumptum, per nostras manus, licet indignas, vice tamen, et auctoritate sanctorum Apostolorum consecratas, tibi oblatum, nostræque bene- ✝ dictionis officio, in defensionem sanctæ Dei Ecclesiæ divinitùs

TRADITION DE L'ÉPÉE.

Recevez cette épée, prise sur l'autel du Dieu vivant, et qui vous est présentée par nos mains, qui, quoique indignes, ont été néanmoins consacrées au nom de Dieu, et par l'autorité des saints Apôtres. Daignez vous souvenir que cette épée bénite par notre ministère, est destinée de Dieu pour la défense de

ordinatum : et memor esto ejus, de quo psalmista prophetavit, dicens : *Accingere gladio tuo super femur tuum, potentissime ;* ut in hoc per eumdem, vim æquitatis exerceas, molem iniquitatis potenter destruas, et sanctam Dei Ecclesiam, ejusque fideles propugnes, ac protegas ; nec minùs sub fide falsos, quàm christiani nominis hostes dispergas ; viduas et pupillos clementer adjuves ac defendas, desolata restaures, restaurata conserves, ulciscaris injusta, confirmes benè disposita : quatenùs hæc agendo, virtutum triumpho gloriosus, justitiæque cultor egregius, cum mundi Salvatore, sine fine regnare merearis, qui cum Deo Patre, et Spiritu Sancto vivit et regnat Deus, per omnia sæcula, &c.

Accingere gladio tuo super femur tuum, potentissime, et attende quod Sancti non in gladio, sed per fidem vicerunt regna.

la Sainte Église : souvenez-vous aussi de celui dont le prophète David a dit dans ses pseaumes : *O vous ! qui êtes le fort d'Israël, prenez votre épée, et disposez-vous au combat ;* afin que par son secours, vous rendiez la justice avec exactitude, vous punissiez l'injustice avec sévérité, vous protégiez, vous défendiez l'Église de Dieu et ses enfans, vous détruisiez également et l'infidélité qui se cache, et celle qui se montre à découvert en haine du nom chrétien ; que vous protégiez avec bonté les veuves et les orphelins ; que vous répariez les désordres et conserviez ce qui est sagement établi ; que vous tiriez une juste vengeance du crime, et affermissiez ce qui est dans l'ordre, et qu'ainsi couvert de gloire, par la pratique de toutes ces vertus, et faisant asseoir la justice à côté de vous sur le trône, vous méritiez un jour de régner dans le Ciel avec le Sauveur du monde, qui lui-même vit et règne éternellement avec Dieu le Père, &c.

O vous ! qui êtes le fort d'Israël, prenez votre épée, disposez-vous au combat, et souvenez-vous que les Saints ont triomphé des puissances de ce monde, non par le glaive, mais par la foi.

TRADITIO PALLIORUM.

Induat vos, Dominus, fortitudine suâ, ut dum vestimenti hujus splendore fulgetis exteriùs, virtutum meritis splendeatis interiùs illius oculis, quem nec præterita fugiunt, nec futura latent, per quem Reges regnant, et legum conditores justa decernunt. In nomine Patris ✝, et Filii ✝, &c.

TRADITION DES MANTEAUX.

Que le Seigneur vous environne de sa force et de sa toute-puissance, afin que pendant que vous brillerez extérieurement et aux yeux des hommes, par l'éclat de ce vêtement, vos mérites et vos vertus vous donnent intérieurement un éclat plus grand encore aux yeux de ce Dieu immortel, qui voit également et les choses passées, et les événemens futurs, et par qui les rois règnent et les législateurs établissent des lois justes et sages. Au nom du Père, du Fils, &c,

TRADITIO GLOBI.

Accipe globum hunc, in signum potestatis à Creatore omnium tibi commissæ, et esto, in medio populi tui, Dei minister in bonum, ut qui te præcæteris extolli voluit in terris, virtutum tibi præmia conferat in cœlis.

TRADITION DU GLOBE.

Recevez ce globe, symbole de la puissance suprême qui vous est confiée par le Créateur de toutes choses, et soyez, au milieu de votre peuple, le ministre de Dieu pour opérer le bien, afin que celui qui vous élève au-dessus du reste des mortels sur la terre, accorde à vos vertus une récompense éternelle dans le Ciel.

TRADITIO VIRGÆ VIRTUTIS ET VERITATIS.

Accipe virgam virtutis ac veritatis, quâ intelligas te obnoxium mulcere pios, terrere reprobos, errantes viam docere,

TRADITION DE LA MAIN DE JUSTICE.

Recevez cette main de justice, qui est la verge de la vertu et de la vérité, afin qu'elle vous apprenne à user de douceur envers les gens de

lapsis manum porrigere , disperdere superbos , et relevare humiles ; aperiat tibi ostium Jesus Christus Dominus noster, qui de semetipso ait , *ego sum ostium ; per me si quis introierit , salvabitur;* qui est clavis David, et sceptrum domûs Israël, qui aperit, et nemo claudit; claudit et nemo aperit ; sitque tibi ductor , qui educit vinctum de domo carceris , sedentem in tenebris, et umbrâ mortis ; et in omnibus sequi merearis eum de quo David propheta cecinit : *Sedes tua, Deus, in sæculum sæculi ; virga directionis , virga regni tui ;* et imitando ipsum , diligas justitiam , et odio habeas iniquitatem , quia proptereà unxit te Deus, Deus tuus, ad exemplum illius, quem ante sæcula unxerat oleo exultationis, præ participibus suis , Jesum Christum Dominum nostrum qui cum eo vivit et regnat Deus, per omnia, &c.

bien, à vous faire craindre des méchans, à remettre dans le droit chemin ceux qui s'égarent, à tendre la main à ceux qui sont tombés, à confondre les orgueilleux, à relever et encourager les humbles ; que Jésus-Christ notre Seigneur vous ouvre la porte *du ciel,* lui qui a dit en parlant de lui-même, *je suis la porte; si quelqu'un entre par moi , il sera sauvé.* Qu'il vous protège par son secours , lui qui est la clef de David , le sceptre de la maison d'Israël ; qui ouvre , et personne ne ferme ; qui ferme , et personne n'ouvre ; qui tire de prison les captifs assis dans les ténèbres et les ombres de la mort. Puissiez-vous suivre, en toutes choses, celui dont le Prophète David a parlé en ces termes : *Votre trône, Seigneur, est un trône éternel, et le sceptre de votre empire est un sceptre de droiture et d'équité.* Puissiez - vous aussi , en l'imitant, aimer la justice et détester l'iniquité ; car c'est pour une telle fin que Dieu vous a consacré Empereur, à l'exemple de celui qu'il avait oint d'une huile de joie et de sanctification , avant tous les siècles, d'une manière plus excellente que tous ceux qui participent à sa gloire ; savoir , Jésus-Christ , notre Sauveur, qui vit et règne avec lui, &c.

TRADITIO SCEPTRI.

Accipe sceptrum potestatis imperialis insigne, virgam scilicet imperii rectam, virgam virtutis, quâ te ipsum benè regas, sanctam Ecclesiam, populumque christianum tibi à Deo commissum, regiâ virtute ab improbis defendas, pravos corrigas, rectos pacifices, et, ut rectam viam tenere possint, tuo juvamine dirigas ; quatenùs de temporali imperio, ad æternum regnum pervenias, ipso adjuvante cujus regnum et imperium sine fine permanet in sæcula sæculorum.

Amen.

TRADITION DU SCEPTRE.

Recevez ce sceptre qui est la marque de la puissance impériale, appelé sceptre de droiture et règle de la vertu, pour vous bien conduire, et vous-même, et la sainte Église, et le peuple chrétien qui vous est confié ; pour le défendre des méchans, par votre autorité impériale ; pour corriger les pervers ; pour pacifier les bons, et les aider à marcher dans les sentiers de la justice, afin que par le secours de celui dont le règne et la gloire s'étendent dans tous les siècles, vous passiez d'un empire temporel, à un royaume éternel.

Ainsi soit-il.

Ensuite l'Empereur a remis la main de justice à l'Archi-chancelier, et le sceptre à l'Archi-trésorier, est monté à l'autel, a pris la couronne et l'a placée sur sa tête ; il a pris dans ses mains celle de l'Impératrice, est revenu se mettre auprès d'elle, et l'a couronnée.

L'Impératrice a reçu à genoux la couronne.

Le Pape a fait les prières du couronnement, ainsi qu'il suit :

Coronet vos Deus coronâ gloriæ, atque justitiæ, honore, et opere fortitudinis, ut per officium nostræ bene- ✠ dictionis,

Que Dieu ceigne votre front de la couronne de gloire et de justice ; qu'il vous arme de force et de courage, afin que, bénis du Ciel par nos

cum

cum fide rectâ, et multiplici bonorum operum fructu, ad coronam perveniatis regni perpetui, ipso largiente cujus regnum et imperium permanet in sæcula sæculorum. Amen.

mains, pleins de foi et de bonnes œuvres, vous arriviez à la couronne du règne éternel, par la grâce de celui dont le règne et l'empire s'étendent dans tous les siècles des siècles. Ainsi soit-il.

LL. MM. sont ensuite retournées au petit trône.

Alors les grands Officiers et Officiers qui devaient précéder l'Impératrice, les Princesses, les Dames et les Officiers qui les suivaient, ont repris le même ordre dans lequel ils étaient venus du portail au chœur ; l'Impératrice s'est mise en marche pour aller au grand trône : les Princesses soutenaient son manteau.

A la porte du chœur, les Officiers civils, les Pages, les Hérauts d'armes, les Huissiers, ont repris aussi leur ordre, et ont marché jusqu'au trône, bordant la haie à mesure qu'ils en approchaient.

Les grands Officiers qui portaient les honneurs de l'Impératrice, et les Officiers civils qui les accompagnaient, ont monté sur les degrés du trône, en passant par le couloir de la droite, et se sont placés derrière le trône.

Le cortége qui précédait l'Empereur, a repris à son tour son ordre.

L'Empereur, entouré des Princes et Dignitaires, précédé des grands Officiers qui portaient ses honneurs et ceux de *Charlemagne*, et suivi par les Colonels généraux de la garde, le grand Écuyer, le grand Chambellan et le grand Maréchal, ayant repris des mains des grands Dignitaires le sceptre et la main de justice, a marché également au grand trône ; les Princes et Dignitaires soutenaient son manteau. Les

G

grands Officiers qui portaient ses honneurs, se sont placés, en arrivant, derrière le trône, ainsi que les Officiers civils qui les accompagnaient ; les Aides de-camp ont bordé la haie à droite et à gauche, sur les degrés du trône ; le grand Chambellan, le grand Écuyer et le grand Maître des cérémonies, se sont placés, sur des coussins, à la première marche au bas de l'estrade du trône ; les Princes et Dignitaires ont passé à la gauche du trône, pour occuper les places qui leur étaient destinées ; le grand Maréchal et les Colonels généraux de la garde ont passé par le couloir de la gauche, pour se placer derrière l'Empereur.

Enfin le Pape, précédé par le Maître des cérémonies du Clergé, par le Maître des cérémonies de S. S., entouré de Cardinaux, de Prélats et des Princes de sa suite, a marché aussi vers le grand trône.

Sa Sainteté, après y être montée, et LL. MM. étant assises, leur a adressé les paroles suivantes :

In hoc Imperii solio confirmet vos Deus , et in regno æterno secum regnare faciat Jesus Christus Dominus noster, Rex Regum, et Dominus Dominantium , qui cum Deo Patre et Spiritu Sancto vivit et regnat, per omnia sæcula sæculorum. Amen.

Que Dieu vous affermisse sur ce trône, et que Jésus-Christ notre Seigneur vous fasse régner avec lui dans son royaume éternel, lui qui est le Roi des Rois et le Seigneur des Seigneurs, qui vit et règne avec le Père et le Saint-Esprit, dans tous les siècles des siècles.

Ainsi soit-il.

Après avoir prononcé ces paroles, S. S. a baisé l'Empereur sur la joue, et se tournant vers les assistans a dit à haute voix, *Vivat Imperator in æternum !* Les assistans ont

crié, *Vive l'Empereur et l'Impératrice !* Le *Vivat* a été exécuté
par la musique impériale.

Pendant ces acclamations, S. S. a été reconduite à son
trône, avec son cortége, par le grand Maître des cérémonies, précédé des Maîtres et Aides des cérémonies, des
Hérauts d'armes et des Huissiers.

Les Pages sont allés se placer sur les marches du trône.

Les places autour du trône de l'Empereur étaient dis-
posées dans l'ordre suivant:

L'Empereur sur le trône.

Un degré plus bas, à sa droite, l'Impératrice sur un
fauteuil,

Un degré plus bas, à la droite de l'Impératrice, entre
les deux colonnes, les Princesses sur des chaises ;

Derrière elles, la Dame d'honneur et la Dame d'atours,
et les Dames du Palais destinées à porter les offrandes.

A gauche de l'Empereur et deux degrés plus bas, entre
les deux colonnes, les deux Princes et les deux grands
Dignitaires à leur gauche sur des chaises ;

Derrière l'Empereur, les Colonels généraux de la garde,
le grand Maréchal du palais, les quatre grands Officiers
portant les honneurs de l'Empereur, à la droite du grand
Maréchal ; les trois grands Officiers portant les honneurs de
Charlemagne, et les trois grands Officiers portant les honneurs de l'Impératrice, derrière Sa Majesté ; les Officiers
civils de l'Empereur et des Princesses, derrière les grands
Officiers ; tous debout : sur la première marche au bas de
l'estrade du trône, le grand Chambellan, le grand Écuyer et
le grand Maître des cérémonies, sur des coussins ; au pied du
trône, à droite, était un tabouret sur lequel le grand Maître

des cérémonies se plaçait souvent, afin de surveiller plus facilement les détails de la cérémonie; derrière ce tabouret, les deux Aides des cérémonies; derrière les Aides, le chef des Hérauts d'armes et deux Hérauts; vis-à-vis du tabouret du grand Maître, les Maîtres des cérémonies; derrière eux, deux Hérauts.

Le Pape, arrivé au sanctuaire et monté sur son trône, a entonné le *Te Deum,* qui a été exécuté par la musique impériale, et suivi des versets et oraisons suivans :

℣. Firmetur manus tua, et exultetur dextera tua,

℣. Que votre main soit remplie de force, et que votre droite fasse des choses éclatantes,

℟. Justitia et judicium præparatio sedis tuæ,

℟. Que la justice et l'équité soient les bases de votre trône.

℣. Domine, exaudi orationem meam,

℣. Seigneur, écoutez ma prière,

℟. Et clamor meus ad te veniat.

℟. Et que ma voix s'élève jusqu'à vous.

℣. Dominus vobiscum,

℣. Que le Seigneur soit avec vous,

℟. Et cum spiritu tuo.

℟. Et avec votre esprit.

OREMUS.

ORAISON.

Deus, qui victrices Moysis manus in oratione firmasti, qui, quamvis ætate languesceret, infatigabili sanctitate pugnabat; ut, dùm Amalec iniquus vincitur, dùm prophanus nationum populus subjugatur, exter-

O Dieu, qui avez affermi les mains victorieuses de Moïse dans la prière, lui qui, quoique avancé en âge, n'en était pas moins infatigable dans le combat, afin qu'après avoir vaincu l'injuste Amalec, après avoir subjugué des nations idolâtres, exterminé les ennemis étrangers, il

minatis alienigenis, hæreditati tuæ possessio copiosa serviret, opus manuum tuarum pia nostræ orationis exauditione confirma : habemus et nos apud te, Sancte Pater, Dominum Salvatorem, qui pro nobis manus suas extendit in cruce, per quem etiam precamur, altissime, ut tuâ potentiâ suffragante universorum hostium frangatur impietas. Per Dominum nostrum Jesum Christum. Amen.

OREMUS.

Deus inerrabilis auctor mundi, conditor generis humani, confirmator Imperii, qui ex utero fidelis amici tui patriarchæ nostri Abrahæ præelegisti Regem sæculis profuturum, tu præsentem insignem Imperatorem cum consorte suâ, et exercitu, per intercessionem beatæ Mariæ semper virginis, et omnium Sanctorum, uberi bene- ✝ dictione locupleta ; et in solium Imperii firmâ stabilitate connecte, visita eos, sicut visitasti Moysen in rubo, Josue

rendît votre peuple possesseur d'une vaste étendue de pays, exaucez nos prières, et affermissez l'ouvrage de nos mains. Père saint, nous avons pour intercesseur auprès de vous, Jésus-Christ notre Sauveur, qui a étendu pour nous ses mains sur la croix. Grand Dieu, c'est par lui que nous vous supplions de briser et d'anéantir l'impiété de tous nos ennemis : faites que votre peuple, libre de toute crainte, apprenne à ne craindre que vous seul. Par Jésus-Christ notre Seigneur. Ainsi soit-il.

ORAISON.

O Dieu, qui êtes l'auteur ineffable du monde, le créateur du genre humain, qui gouvernez les Empires, et qui en êtes le soutien ; qui avez choisi dans la race d'Abraham, notre Patriarche, votre fidèle ami, un roi qui devait faire le bonheur des siècles à venir, comblez de vos bénédictions, par l'intercession de tous les Saints, cet illustre Empereur ici présent, son auguste épouse, et les armées françaises ; daignez les affermir sur le trône ; faites-leur ressentir votre présence, comme vous l'avez fait ressentir à Moïse, dans le buisson ardent ; à Josué, dans le combat ; à Gédéon, au

in prælio, Gedeonem in agro, Samuelem in templo, et illâ eos sidereâ bene- ✝ dictione ac sapientiæ tuæ rore perfunde, quam beatus David in psalterio, et Salomon filius ejus, te remunerante percepit de cœlo. Sis eis contra acies inimicorum lorica, in adversis galea, in prosperis fascia, in protectione clypeus sempiternus, et præsta ut gentes illis teneant fidem, proceres eorum habeant pacem, diligant charitatem, abstineant se à cupiditate, loquantur justitiam, custodiant veritatem, et itâ populus iste sub eorum imperio pullulet, coalitus bene- ✝ dictione æternitatis, ut semper tripudiantes maneant in pace, ac victores. Quod ipse præstare dignetur, qui tecum vivit et regnat in unitate Spiritûs Sancti Deus, per omnia sæcula sæculorum. Amen.

milieu d'un champ ; à Samuël, dans le temple. Répandez, du Ciel, sur eux la rosée de votre bénédiction céleste, qui donne la sagesse ; cette bénédiction que le saint roi David reçut du Ciel, lorsqu'il composait ses pseaumes, et qui fut si abondamment communiquée à son fils Salomon. Soyez leur cuirasse contre les armées de leurs ennemis, leur casque dans l'adversité, leur diadême dans la prospérité, et à jamais leur bouclier impénétrable, dans l'assistance qu'ils attendent de vous : faites que leurs sujets leur gardent la fidélité, que les magistrats de l'Empire vivent dans la paix et l'union, qu'ils aiment la charité, qu'ils s'abstiennent de la cupidité, que la justice soit dans leur bouche, qu'ils gardent la vérité ; que ce grand Peuple, comblé de vos bénédictions, s'accroisse de plus en plus ; et que, supérieur à ses ennemis, il goûte avec joie les douceurs de la paix. Puisse celui qui règne avec vous dans les siècles des siècles, leur accorder cette grâce !
Ainsi soit-il.

S. S. a continué la messe.

A la fin de l'Évangile, le grand Maître des cérémonies a invité, par une inclination, le grand Aumônier à se rendre à l'autel ; le grand Aumônier a reçu du Sous-diacre le livre des Évangiles ; ensuite, accompagné par M. *Charrier-Laroche*,

Évêque de Versailles, premier Aumônier de l'Empereur et de M. de *Rohan*, ancien Archevêque de Cambray, premier Aumônier de l'Impératrice, précédé par le grand Maître, les Maîtres et les Aides des cérémonies, il a porté l'Évangile à baiser à LL. MM. et l'a reporté ensuite à l'autel, entre les mains du Sous-diacre, toujours accompagné de la même manière.

A l'offertoire, le grand Maître des cérémonies a fait une inclination profonde à LL. MM. pour les avertir de se rendre à l'offrande.

Madame *d'Arberg*, devant porter un cierge où étaient incrustées treize pièces d'or, et ayant à côté d'elle M. le général *Savary*;

Madame la Maréchale *Ney*, devant porter un autre cierge avec le même nombre de pièces d'or, et ayant à côté d'elle M. le colonel *Lebrun*;

Madame de *Luçay*, devant porter le pain d'argent, et ayant à côté d'elle M. le Général *Lemarois*;

Madame *Duchâtel*, devant porter le pain d'or, et ayant à côté d'elle M. le Général *Caffarelli*;

Madame de *Rémusat*, devant porter le vase, et ayant à côté d'elle M. le Général *Rapp*,

Ont quitté successivement leurs places, par le couloir à droite, pour prendre, au bas des degrés du trône, ces diverses offrandes qui leur ont été présentées.

L'Empereur et l'Impératrice sont descendus en même temps du trône au son d'une marche triomphale, exécutée par la musique impériale; l'Impératrice, entourée par les Princesses qui soutenaient son manteau, et suivie par la Dame d'honneur, la Dame d'atours, et par M. le Maréchal

Murat, destiné à recevoir sa couronne, a accéléré sa marche de manière à précéder l'Empereur au bas de l'escalier; l'Empereur a marché plus lentement, accompagné par les Princes et grands Dignitaires qui soutenaient son manteau, suivi par les Colonels généraux de la garde, par son grand Maréchal, et précédé par son grand Chambellan et son grand Écuyer : ainsi, en partant du bas des degrés du trône, la marche, jusqu'au chœur, s'est faite dans l'ordre suivant :

Les Huisssiers,

Les Hérauts d'armes,

Les Pages,

Les Aides des cérémonies,

Les Maîtres des cérémonies,

Le grand Maître des cérémonies,

Les Offrandes, dans l'ordre ci-dessus indiqué,

L'Impératrice, suivie comme il a été dit ci-dessus,

Le grand Chambellan et le grand Écuyer,

L'Empereur et sa suite.

En approchant de la porte du chœur, les mêmes personnes qui, dans la première marche, avaient bordé la haie, l'ont bordée encore ; l'Empereur et l'Impératrice, avec le reste du cortége, ont continué leur marche jusqu'au pied de l'autel : l'Empereur et l'Impératrice à sa gauche, se sont mis à genoux sur des coussins ; les personnes qui portaient les offrandes se sont rangées à leur droite et un peu en arrière en bordant la haie ; le grand Maître, un Maître et un Aide des cérémonies à droite ; un Maître et un Aide des cérémonies à gauche. Les Princes et Dignitaires, et les Princesses, en entrant dans le sanctuaire, ont cessé de soutenir les manteaux de LL. MM. et sont allés prendre, dans

le

le sanctuaire, la place qu'ils occupaient pendant les cérémonies du sacre et du couronnement. LL. MM., la couronne sur la tête, ont pris les offrandes, dans l'ordre indiqué pour la marche, des mains des Dames qui les portaient, et les ont présentées à S. S. ; elles sont allées s'asseoir sur le petit trône, et en sont reparties successivement, comme ci-dessus, pour retourner au grand trône.

Le Pape a continué la messe.

A l'élévation, LL. MM. étant toujours sur le grand trône, le grand Électeur a ôté la couronne de l'Empereur, et la Dame d'honneur et M. le Maréchal *Murat*, celle de l'Impératrice.

LL. MM. se sont mises à genoux.

Après l'élévation, LL. MM. se sont relevées, et le grand Electeur a remis la couronne de l'Empereur, et la Dame d'honneur et M. le Maréchal *Murat*, celle de l'Impératrice.

A *l'Agnus Dei*, le grand Aumônier, accompagné du premier Aumônier de l'Empereur et du premier Aumônier de l'Impératrice, a été recevoir le baiser de paix de S. S., *cum instrumento pacis*, et l'a porté à LL. MM.

La messe a continué.

La messe finie, S. S. s'étant transportée à la sacristie du trésor, y a déposé les ornemens pontificaux. Pendant ce temps le grand Aumônier, averti par le grand Maître des cérémonies et par M. l'abbé *de Pradt*, Maître des cérémonies du Clergé, et toujours assisté des premiers Aumôniers de LL. MM., a apporté de nouveau à l'Empereur le livre des Évangiles, et s'est tenu debout à la gauche de S. M. ; le grand Électeur a appelé et présenté à S. M., LL. EE. MM. *François de Neufchâteau*, Président du Sénat ; *Defermon*, le plus ancien des Présidens du Conseil d'état ; *Fontanes*,

H

(58)

Président du Corps législatif; et *Fabre de l'Aude*, Président du Tribunat, qui, après avoir mis sous les yeux de S. **M.** la formule du serment constitutionnel, se sont rangés à la gauche du trône, sur les premières marches, le grand Maître des cérémonies se tenant de l'autre côté de l'escalier, vis-à-vis le Président du Sénat.

L'Empereur assis, la couronne sur la tête et la main levée sur l'Évangile, a prononcé le serment en ces termes :

« Je jure de maintenir l'intégrité du territoire de la
» République ; de respecter et de faire respecter les lois du
» concordat et la liberté des cultes ; de respecter et faire
» respecter l'égalité des droits, la liberté politique et civile,
» l'irrévocabilité des ventes des biens nationaux ; de ne lever
» aucun impôt, de n'établir aucune taxe qu'en vertu de la
» loi ; de maintenir l'institution de la légion d'honneur ;
» de gouverner dans la seule vue de l'intérêt, du bonheur
» et de la gloire du peuple français. »

Ce serment prononcé, M. le Capitaine *Duverdier*, Héraut d'armes, faisant fonctions de Chef des Hérauts, averti par l'ordre du grand Maître, a dit d'une voix forte et élevée : *Le très-glorieux et très-auguste Empereur* NAPOLÉON, *Empereur des Français, est couronné et intronisé ; vive l'Empereur !* Les cris prolongés de *vive l'Empereur, vive l'Impératrice*, se sont fait entendre de toutes les parties de l'église. Une décharge d'artillerie a annoncé le couronnement et l'intronisation de LL. MM. Pendant ce temps-là, M. *Maret*, Ministre-secrétaire d'État, rédigeait le procès-verbal de la prestation de serment.

Alors le Clergé est revenu au pied du trône avec le dais, pour reconduire LL. MM.

Au même instant,

Les Huissiers,

Les Hérauts d'armes;

Les Pages,

Les Aides des cérémonies,

Les Maîtres des cérémonies,

Le grand Maître des cérémonies,

Se sont avancés par la droite du trône pour rejoindre le portail et la galerie. Les grands Officiers portant les honneurs de l'Impératrice, ont passé successivement par le couloir de la droite, ont descendu l'escalier, et sont allés reprendre leur ordre devant le dais de l'Impératrice. L'Impératrice est descendue du trône, accompagnée des Princesses, et suivie de sa Dame d'honneur, de sa Dame d'atours, de ses Dames du Palais et des Officiers des Princesses.

Ensuite elle s'est mise sous le dais, et a continué sa marche jusqu'à l'archevêché.

Les sept grands Officiers qui portaient les honneurs de l'Empereur, ont passé successivement par le couloir de gauche, et sont allés reprendre devant son dais le rang qu'ils occupaient en venant de l'archevêché à l'église.

L'Empereur a repris des mains de l'Archi-chancelier et de l'Archi-trésorier le sceptre et la main de justice, et est descendu du trône, suivi par les Princes et Dignitaires qui portaient son manteau, et par les grands Officiers qui le suivaient en venant à l'église. Lorsqu'il est sorti de la nef, les Ministres, les Maréchaux et autres grands Officiers militaires, ont repris pareillement leur rang dans le cortége pour retourner à l'archevêché.

Lorsque LL. MM. ont été rendues à l'archevêché, le

Pape est rentré dans l'église, et a été reconduit aussi sous le dais par le Clergé au palais archiépiscopal. Pendant la marche de S. S. la musique impériale a répété l'antienne *Tu es Petrus*, à grand chœur et symphonie.

Le cortége impérial, et ensuite celui du Pape, ont suivi, pour revenir aux Tuileries, la rue du Parvis-Notre-Dame, la rue du Marché-Neuf, la rue de la Barillerie, le Pont-au-Change, la place du Châtelet, la rue Saint-Denis, les Boulevarts, la rue et la place de la Concorde, le Pont-Tournant et le jardin des Tuileries qui étaient illuminés. Un concours immense de peuple remplissait tous ces lieux, et élevait jusqu'au ciel ses acclamations et ses vœux pour la prospérité et la durée du règne de LL. MM.

Le Sénat, le Conseil d'état, le Corps législatif, le Tribunat et la Cour de cassation sont retournés avec leurs escortes, savoir ; le Conseil d'état aux Tuileries, et les autres Corps à leurs palais respectifs.

Le présent Procès-verbal a été dressé par nous grand Maître des cérémonies. A Paris, les jour et an susdits.

L. P. Ségur.

LISTE NOMINATIVE

DES

FONCTIONNAIRES

Appelés à la Cérémonie du Sacre et du Couronnement de LEURS MAJESTÉS IMPÉRIALES,

Qui se sont fait inscrire chez le grand Maître des Cérémonies.

GRANDS OFFICIERS DE LA LÉGION D'HONNEUR.

MM. *les Généraux*

Victor.
Gouvion.
Hédouville.
Delaborde.
Suchet.
Andreossy.
Macdonald.
Grouchy.
Duhesmes.
S.ᵗ Hilaire.
Michaud.
Mathieu.
Loison.
Klein.
D'Hautpoul.
Martin.
Thevenard.
Olivier.
Bonnard.
Dupont.
Séras.
Grenier.

COMMISSAIRES DE LA COMPTABILITÉ.

MM.

Brierre-Surgy.
Colliat.
Féval.
Goussard.
Régardin.
Sanlot.
Saucourt.

GÉNÉRAUX COMMANDANT LES DIVISIONS TERRITORIALES.

MM.

Amey, commandant la 2.ᵉ Div.ᵒⁿ milit.
Ferino.............. 3.ᵉ
Gilot.............. 4.ᵉ
Leval............. 5.ᵉ
Menard........... 6.ᵉ
Molitor........... 7.ᵉ
Cervoni.......... 8.ᵉ
Fiégeville........ 9.ᵉ
Durutte.......... 10.ᵉ
Avril............. 11.ᵉ
Dumuy.......... 12.ᵉ
Delaborde, comm. la 13.ᵉ Div.ᵒⁿ milit.
Laroche.......... 14.ᵉ
Musnier.......... 15.ᵉ
Girard, dit Vieux.... 16.ᵉ
Montchoisy....... 18.ᵉ
Gobert........... 20.ᵉ
Dufour........... 21.ᵉ
Belliard.......... 24.ᵉ
Legrand (Étienne)... 25.ᵉ
Lorge............ 26.ᵉ
Gudin.

GÉNÉRAUX DE DIVISION.

MM.

Dembarere, *Inspecteur général du Génie.*
Sugny, *Inspecteur général de l'Artillerie.*
Oudinot.
Bourcier.
Kellermann.
Tilly.

PREMIERS PRÉSIDENS DES COURS D'APPEL.

MM.

Aix	François Baffier.	Lyon	Vouty.
Agen	Lacuée.	Metz	Pecheur.
Amiens	Varlet.	Nancy	Henry.
Angers	Menard la Groye.	Nîmes	Maynaud.
Besançon	Louvot.	Orléans	Chabrol-Crouzol, auditeur d'État.
Bordeaux	Faure de Lussac.		
Bourges	Salé.	Pau	Claverie.
Bruxelles	Latteur.	Paris	Séguier.
Caen	Le Menuet.	Poitiers	Lerdel.
Colmar	Schirmer.	Rennes	Desbois.
Dijon	Guillemot.	Riom	Redon.
Douai	D'Haubersart.	Rouen	Thiellan.
Grenoble	Brun.	Trèves	Garreau.
Liége	D'Audrimont.	Turin	Botton.

PRÉSIDENS DES COURS D'APPEL.

MM.

Caen	Lautour du Chatel.	Toulouse	Desagars.
Paris	Agier.		

PROCUREURS GÉNÉRAUX IMPÉRIAUX DES COURS D'APPEL.

MM.

Agen	Mouysset.	Lyon	Rambaud.
Aix	Peise.	Metz	Colchen.
Ajaccio	Moltedo.	Montpellier	Fabre.
Amiens	Petit.	Nancy	De Metz.
Angers	Daudenac.	Nîmes	Giraudy.
Bordeaux	Rateau.	Paris	Mourre.
Bourges	Forest.	Pau	Claverie.
Bruxelles	Beyts.	Rennes	Le Baron.
Colmar	Antonin.	Riom	Favard.
Dijon	Le Goux.	Rouen	Fouquet.
Douai	Michel.	Toulouse	Corbière.
Grenoble	Royer de Loche.	Trèves	Dobsen.
Liége	Danthène aîné.	Turin	Tixier.
Limoges	Battet.		

PRÉSIDENS

PRÉSIDENS DE COLLÉGES ÉLECTORAUX DE DÉPARTEMENT.

MM.		MM.	
Ain	Le G.ᵃˡ Pannetier.	Maine-et-Loire	Des Mazières.
Aisne	Caulaincourt.	Marengo	Cavalli.
Alpes (Hautes)	Blanc-Lanote Hau-	Marne	le Gén.ᵃˡ Valence.
	terive.	Mayenne	De Bonchamps.
Aude	Le G.ᵃˡ Andreossy.	Mont-Tonnerre	Mappes.
Aveyron	Le G.ᵃˡ Mathieu.	Morbihan	l'Évêq. de Vannes.
Cantal	Conffinhal.	Nèthes (Deux)	J, Ét. Werbrouck.
Côtes-du-Nord	Caffarelli , *Évêque*	Ourte	Godin.
	de Saint-Brieux.	Pas-de-Calais	Bruneaut-Beaumez
Drôme	Le G.ᵃˡ Gouvion.	Pyrénées (Hautes)	le Gén.ᵃˡ Noguès.
Dyle	Merode-Westerloo.	Rhin (Haut)	Brodhay.
Finistère	Le Gén.ᵃˡ Nielly,	Rhin-et-Mozelle	Boos.
Forêts	Reuter.	Roer	Jacoby.
Gard	Estève.	Sambre-et-Meuse	Decroix.
Hérault	J.-B. Germain de	Saone-et-Loire	Duhermes.
	Belmont.	Sarthe	de Talhouet.
Indre-et-Loire	De Villemanzy.	Sèvres (Deux)	de Lacoste.
Isère	Barral, *Législateur.*	Somme	Debray.
Gemmape	D'Ennetières.	Tarn	le G.ᵃˡ d'Haupoult.
Léman	Vernet-Pictet.	Vaucluse	le Gén.ᵃˡ Chabran,
Loir-et-Cher	Marchand.	Vienne	de Voyer.
Loire	Pupier-Brioude.	Yonne	Petiet.
Lys	Dépeellaert.		

PRÉFETS MARITIMES.

MM.	MM.
Bonnefoux.	Malouet, *Commissaire général.*
Caffarelli.	Magnitot, *Préfet colonial.*

PRÉFETS DE DÉPARTEMENT.

MM.		MM.	
Aisne	Mechin.	Arriége	Brun.
Allier	Delacoste.	Aube	Brulé.
Alpes (Basses)	Alexandre Lameth.	Aude	Trouvé.
Alpes (Hautes)	Ladoucette.	Aveyron	S.ᵗ-Horent,
Alpes-maritimes	Dubouchage.	Calvados	Caffarelli.
Ardèche	Robert.	Cantal	Riou.
Ardennes	Frain.	Charente	Bonnaire.

I

MM.		MM.	
Charente-inférieure.	Guillemardet.	Maine-et-Loire....	Dardon.
Cher............	Belloc.	Manche.........	Cortaz.
Corrèze.........	le Général Milet-Mureau.	Marengo.	Campasin.
Côte-d'Or........	Riouff.	Marne...........	Bourgeois-Sessains
Côtes-du-Nord....	Bonllé.	Marne (Haute)...	Jerphanion.
Creuse..........	La Salcette.	Mayenne.........	Harmand.
Doire (La)......	Ganelse.	Meurthe.........	Marquis.
Dordogne........	Rivet.	Meuse..........	Leclerc.
Doubs..........	Jan-de-Brie.	Meuse-inférieure...	Loysel.
Drôme..........	Descorches.	Mont-Blanc......	Poitevin - Maisse-my.
Dyle...........	Doulcet de Pontecoulant.	Mont-Tonnerre ...	Jean - Bon - Saint-André.
Escaut..........	Faypoult.	Morbihan........	Jullien.
Eure...........	Masson de Saint-Amand.	Moselle.........	Colchen.
Eure-et-Loir......	Delaitre.	Nèthes (Deux)...	Dherbouville.
Finistère........	Rudler.	Nièvre..........	Adet.
Forêt..........	Lacoste.	Nord...........	Dieudonné.
Gard..........	Dalphonse.	Oise...........	Belderbusch.
Garonne (Haute)..	Richard.	Orne...........	La Magdeleine.
Ger...........	Balguerie.	Ourte..........	Desmousseaux.
Gironde........	Charles Delacroix.	Pas-de-Calais.....	Delachaise.
Hérault.........	Nogaret.	Pô............	Ferdinand - Delaville.
Ille-et-Vilaine.....	Mounier.	Puy-de-Dôme.....	Latourette.
Indre..........	Prouveur.	Pyrénées (Hautes).	Chazal.
Indre-et-Loire.....	Pommereuil.	Pyrénées-orientales .	Le Général Martin.
Isère..........	Fourier.	Rhin (Haut).....	Félix Desportes.
Jemmape........	Garnier.	Rhin-et-Moselle...	Chabau.
Jura..........	le Général Poncet.	Rhône..........	Bureau-de-Puzy.
Landes.........	Val.in Duplantier.	Roer...........	Laumont.
Léman..........	Barante.	Sambre-et-Meuse..	Pezès.
Loir-et-Cher......	Louis Corbigny.	Saone (Haute)....	Hillaire.
Loire..........	Imbert.	Saone-et-Loire....	Ronjoux.
Loire (Haute)....	Lamothe.	Sarre..........	Keppler.
Loire-inférieure....	Belleville.	Sarthe.........	Auvray.
Loiret..........	Maret.	Seine..........	Frochot.
Lot...........	Bailly.	Seine-inférieure...	Beugnot.
Lot-et-Garonne...	Pieyre fils.	Seine-et-Marne....	Lagarde.
Lozère..........	Florent.	Sèvres (Deux)....	Dupin.
Lys...........	Chauvelin.	Sesia..........	Giulio.

MM.

Somme......... Quinette,
Stura........... Arborio.
Tanaro......... Rolland.
Tarn........... Gary.
Var........... Fouché.
Vaucluse......... Bourdon.

MM.

Vendée.......... Merlet.
Vienne.......... Cochon.
Vienne (Haute)... Texier-Olivier.
Vosges.......... Himbert,
Yonne.......... Rougier-Laberge-
              rie.

ARCHEVÊQUES.

Paris.......... S. E. Mgr le C.^{al}
              Debelloy.
Malines......... M. Roquelaure.
Lyon.......... S. E. Mgr le C.^{al}
              Fesch.
Aix.......... M. Champion-
              Cicé.
Toulouse......... M. Primat.

Bordeaux.......... M. Daviau-Dubois
              de Sanzac.
Bourges.......... M. Mercy.
Tours.......... M. Barral.
Troyes.......... M. La-Tour-du-Pin
              Montauban.
Autun.......... M. Fontanges,

ÉVÊQUES.

MM.

Soissons.......... Leblanc-Beaulieu.
Arras.......... La-Tour-d'Au-
              vergne Lauragais.
Cambray.......... Belmas.
Versailles.......... Charrier-Laroche.
Orléans.......... Bernier,
Namur.......... Pisani-de-la-Gaude
Tournay.......... Hirn.
Aix-la-Chapelle.... Berdolet.
Trèves.......... Mannay.
Gand.......... Fallot-Beaumont.
Liége.......... Zoepffet.
Metz.......... Bien-Aimé.
Strasbourg.......... Saurine.
Nancy.......... d'Osmond.
Dijon.......... Raymond.
Mende.......... Chabot.
Grenoble.......... Simon,
Valence.......... Becherel.
Chambéry.......... Demoustiers-Me-
              rinville,
Avignon.......... Perrier.

MM.

Ajaccio.......... Sebastiani-Porta,
Digne.......... Dessoles.
Carcassonne...... Laporte.
Agen.......... Jacoupy.
Baïonne.......... Loison.
La Rochelle...... Paillou.
Angoulême...... Lacombe.
Clermont.......... Duvalk-Dampierre
S. Flour.......... Montanier-Bel-
              mont.
Limoges.......... Dubourg.
Le Mans.......... Pidoll.
Angers.......... Montault.
Nantes.......... Duvoisin.
Vannes.......... Pansemont.
S. Brieux.......... Caffarelli.
Quimper.......... André.
Coutances....... Rousseau.
Bayeux.......... Brault.
Séez..........e. Chevigné-Bois-
              chollet.
Evreux.......... Bourlier.

PRÉSIDENS DES COURS CRIMINELLES.

MM.   MM.

Bourg	Riboud.	Bruges	Kersmaker.
Laon	Legrand-Delaleu.	Angers	Delaunay.
Moulins	Durand.	Coutances	Lefollet.
Gap	Labastie.	Alexandrie	Delaitre.
Nice	Trémois.	Reims	Mutet.
Privas	Gamon.	Chaumont	Guyardin.
Mezières	Téart.	Laval	Moullin.
Troyes	Parisot.	Nancy	Maugin.
Rhodès	Vaissetes.	S. Mihiel	Grison.
Caen	Gauthier.	Chambéry	Filliard.
Saintes	Garnier.	Vannes	Perset.
Bourges	Chevalier.	Metz	Stourm.
Dijon	Morisot.	Anvers	Van-Cutsen.
S. Brieux	Gourlay.	Nevers	Laurent.
Gueret	Purat.	Douay	Detaetre.
Besançon	Spierenael.	Beauvais	Demouchy.
Valence	Fayol.	Alençon	Delaunay.
Bruxelles	Bonnaventure.	S. Omer	Boubert.
Gand	Blemont.	Riom	Prévôt.
Evreux	Dupont.	Pau	Duffau.
Quimper	Kerineuf.	Tarbes	Pigarol.
Luxembourg	Pastoret.	Strasbourg	Proercisen.
Auch	Tartanac.	Colmar	Wieka.
Bordeaux	Demirail.	Lyon	Coron.
Montpellier	Cavallier.	Aix-la-Chapelle	Meller.
Rennes	Robinet.	Namur	Veaujois.
Châteauroux	Jaymebon.	Vesoul	Garnier.
Tours	Moreau.	Châlons (Saone)	Rubat.
Grenoble	Paganon.	Trèves	Bruges.
Mons	Foncez.	Paris	Hémart, I.er Prés.t / Martineau, Prés.nt
Lons-le-Saulnier	Gaion.		
Mont-de-Marsan	Baffoigne.	Rouen	Carel.
Genève	Pietet.	Melun	Gaillard.
Ajaccio	Bertora.	Amiens	Ballu.
Montbrison	Bruyas.	Draguignan	Manche.
Le Puy	Lafaye.	Fontenay	Bouron.
Nantes	Maussion.	Poitiers	Picault.
Orléans	Lebœuf.	Limoges	Debeaune.
Agen	Bory.	Auxerre	Paradis.

PROCUREURS-GÉNÉRAUX IMPÉRIAUX DES COURS CRIMINELLES.

MM.

Bourg............	Putod.	Mont-de-Marsan..	Raimonborde.
Laon.............	Leleu de Lesimone.	Genève..........	Girod.
Digne...........	Arnaud.	Blois............	Giot.
Gap.............	Provençal Longpré.	Montbrison	Pupier de Brioude.
Nice............	Lombard.	Nantes..........	Clavier.
Privas...........	Perrier.	Orléans..........	Russeau.
Troye...........	Jaillant.	Cahors	Mondin.
Carcassonne......	Buisson.	Agen............	Maran de Tolza.
Rhodès..........	Delauro.	Mende	Valette.
Aix.............	Espaciat.	Bruges	Vandewale.
Caen............	De Mortreux.	Angers	Gazeau.
Saint-Flour......	Teillard.	Coutances.......	Pouret Roquerie.
Saintes..........	Savari.	Alexandrie.......	Montbriset.
Bourges.........	Baucheton.	Reims...........	Chaix.
Tulle...........	Bedoche.	Chaumont.......	Humblot.
Dijon...........	Deze.	Laval	Le Sueur.
Saint-Brieux......	Ropartz.	Nancy..........	André.
Périgueux........	Lauxade.	Saint-Mihiel.....	Basoches.
Besançon.........	Guillemot.	Chambéry.......	Beauvier.
Valence..........	Hortal.	Mayence.	Tissot.
Bruxelles........	De Vals.	Vannes..........	Lucas Bourgerel.
Gand............	Meaulle.	Metz............	Bourgeois.
Evreux..........	Deshayes.	Anvers	De la Buisse.
Chartres.........	Guillard.	Nevers..........	Blandin Vallière.
Quimper.........	De l'Ecluse.	Douay..........	Ranson.
Luxembourg......	Clément.	Beauvais	Daujon.
Nîmes...........	Cavallier.	Alençon.........	Royer la Tournerie.
Toulouse	Roque.	Saint-Omer.....	Haut.
Auch............	Laheus.	Turin...........	Borden.
Bordeaux	Buhan.	Riom	Deval.
Montpellier	Touret.	Pau............	Cazebonne.
Rennes..........	Jumelais.	Tarbes..........	Laporte.
Chateauroux.....	Poya.	Perpignan.......	Tixador.
Tours...........	Calmelet.	Strasbourg.......	Hovrer.
Crenoble........	Malleim.	Colmar.........	Mathieu.
Mons............	Rozier.	Coblentz........	Gattermann.
Lons-le-Saulnier..	Lefebvre.	Lyon...........	Nuguez.

MM.		MM.	
Aix-la-Chapelle...	Hannes.	Niort............	Leblois.
Namur..........	Batardel.	Amiens..........	Maisnel.
Vezoul..........	Jean Gérard.	Fontenay........	Meseier Vergerie.
Trèves..........	Birck.	Poitiers.........	Moreau.
Mans...........	Juleau.	Limoges.........	Étienne Larivrène
Paris...........	Gérard.		fils.
Rouen..........	Chapais de Mari-	Épinal..........	Duraray.
	vaux.	Auxerre.........	Le Bois des Guais.
Melun..........	Despatye.	Castres..........	Fossé.
Versailles.......	Giraudet.		

GÉNÉRAUX DE BRIGADE EMPLOYÉS DANS LES DIFFÉRENS CAMPS.

Augereau.

Berthier, (Léopold), *Chef de l'état-major général de l'armée d'Hanovre.*

Bertrand.

Bisson.

Baussart.

Clemencet.

Compans.

Debilly.

Demont.

Dumas (Mathieu), *Chef de l'état-major général du camp de Bruges.*

Dutaillis.

Faultrier, *Directeur général des parcs d'artillerie de l'armée des côtes de l'Océan.*

Fenerol.

Gassendi.

Guerin.

Guerin d'Etoquigny.

Heudelet.

Lacroix.

Lamarque.

Lapiste.

Lery.

Marcognet.

Ménard.

Piston.

Rouyer.

Soligny.

Sanson.

Schiner.

Sesas.

Villatte.

Bellavesne, *Commandant l'École-militaire impériale de Fontainebleau.*

PRÉSIDENS DES CONSEILS GÉNÉRAUX DE DÉPARTEMENT.

Ain............	Cozon.	Aube...........	Rivierre.
Aisne..........	Vielville Desessarts.	Aveyron........	Cledon.
		Côte-d'Or.......	Hernoux.
Allier..........	De Favières.	Côtes-du-Nord...	Armez.
Alpes (Hautes)...	Pinel.	Creuse..........	Coulondon.
Alpes-maritimes...	Chabaud	Doire..........	Camille Moretta.
Ardèche........	Bastide.	Dordogne.......	Selves.
Arriége.........	Letu.	Doubs..........	Besson.

MM.		MM.	
Drôme	Lacroix S.-Valier.	Meuse-inférieure	Membrède.
Eure	De Bonneville.	Moselle	Durand.
Finistère	Bois de Pacé.	Nièvre	Mirande Oliveau.
Forêts	D'Anethan.	Nord	De Warenghia.
Gers	César.	Oise	Le Hoc.
Gironde	Leblanc Houguez.	Orne	Godechal Varut.
Ille-et-Vilaine	Corbierre.	Pas-de-Calais	Vaillant.
Indre	Bertrand.	Puy-de-Dôme	Tayras.
Indre-et-Loir	Guizol.	Rhin (Bas)	Wangen.
Iser	Revol.	Rhin-et-Moselle	Breuing.
Jemmape	Foncez.	Rhône	Vouty.
Jura	Vallier.	Sambre-et-Meuse	Vasseige.
Landes	Duran.	Saone (Haute)	Fournier.
Loir-et-Cher	Turpin.	Sarre	Nelle.
Loire	Michon Dumarais.	Seine	Petit.
Lot-et-Garonne	Saint-Amans.	Seine-et-Marne	Audent.
Losère	La Porte.	Seine-et-Oise	Granet.
Lys	Van Caloen.	Sèvres (Deux)	Maurisset.
Maine-et-Loire	Timoléon de Cossé.	Somme	Lequieu de Moyen-neville.
Manche	Frémin Dumesnil.		
Marne	Depain de Che-vrières.	Tarn	Largenvilliers.
		Vaucluse	Olivier Gezente.
Meurthe	Schmidt.	Yonne	Meslier.
Meuse	Le Maire.		

PRÉSIDENS DES COLLÉGES ÉLECTORAUX D'ARRONDISSEMENT.

Aisne	Laon	Beaumont.
	Château-Thiéry	Duroux-Beuil.
	S. Quentin	Caulaincourt.
	Soissons	Petit.
	Vervins	le Général Balland.
Allier	Moulins	Lomet.
	La Palisse	Devaux-de-Chambord.
	Montluçon	Perethon de la Mallerée.
Alpes (Basses)	Dignes	Isnard.
	Castellane	Robion.
	Forcalquier	Brunet.
	Sisteron	Burle.
Alpes-maritimes	Nice	Tremois.

		MM.
Ardèche.............	Privas...............	Duclaux.
Ardennes.........	Mezières.............	Bodson.
	Rocroy..............	Flayelle.
	Sedan...............	Jobert-Lesnaux.
	Vouziers.............	Gérard de Mélix.
Arriége..........	S. Girons............	Cancel.
Aube............	Troyes..............	Jaillant.
	Arcis-sur-Aube.......	Bonnemain.
	Bar-sur-Aube.........	Pierret.
	Bar-sur-Seine........	Barbuas-Duplessis.
	Nogent-sur-Seine.....	Hurant.
Aude............	Narbonne............	Ducros.
Aveyron..........	Rodès..............	Bessières.
	Milhau	Randon.
	Villefranche	Valadié.
Bouches-du-Rhône..	Marseille............	Anthoine.
Calvados.........	Caen...............	Gauthier.
	Bayeux	Duhomme.
	Falaise.............	Faucillon-Ferrières.
	Lisieux	Becquemont.
Cantal	Aurillac.............	Abadie.
	Murat..............	Benoist.
	S. Flour	Rondil.
Charente	Barbezieux..........	Desprès.
	Cognac.............	Marot.
	Confolens...........	Babot-Marsillac.
	Buffec..............	Coudert.
Charente-inférieure..	Saintes.............	Roy.
	Rochefort...........	Bourgade-Delille.
	S. Jean-d'Angely......	Duret.
Cher.............	Bourges............	Baillard.
Corrèze..........	Tulle...............	Sartelon.
	Ussel.............	Delmas.
Côte-d'Or........	Beaune.............	Hernoux.
	Châtillon...........	Carteret.
Côtes-du-Nord....	Lannion	Robinet.
	Loudéac	Hillion.
Creuze...........	Guegret.............	Parat.
	Bourganeuf..........	Aubusson-Ducloux.

Dordogne.

MM.

Dordogne	Bergerac	Rambaud aîné.
	Sarlat	Bosredon.
Doubs	Pontarlier	Gaudion.
Drôme	Die	Anthenor.
Dyle	Bruxelles	Verlyeden.
	Louvain	Vanmemen.
	Nivelles	Marchot.
Escaut	Audenarde	Raepsard.
Eure	Evreux	Breheret-de-Courielly.
	Les Andelys	Delabarre.
	Bernay	Brossard.
	Louviers	Delarue.
	Pont-Audemer	Durand.
Eure-et-Loir	Nogent	Godet.
Finistère	Brest	Chiron.
	Morlaix	Philippe Delleville.
	Quimperlé	Billette.
Forêts	Luxembourg	Christian.
	Neufchâteau	Cordat
Garonne (Haute)	Toulouse	D'Antigny.
	Saint-Gaudens	Zanole.
Gers	Auch	Dufaut.
Gironde	Lesparre	Cavaignac.
	Libourne	Decaze.
Hérault	Béziers	Milhau.
Ille-et-Vilaine	Fougères	Lebouc-Bouteillère.
	Redon	Barbotin.
Indre	La Châtre	de la Combaulu.
	Le Blanc	Collin-Souvigny fils.
Indre-et-Loire	Tours	Deslandes-Preuilly.
Isère	Grenoble	Maurel.
	Saint-Marcellin	Gerard.
	Vienne	Fleury.
Jemmape	Mons	Duval.
	Tournay	Delvingue-Duvivier
Jura	Dôle	Broch.
	Saint-Claude	Pérade.
Landes	Saint-Séver	Duprat.
Léman	Thonon	Charnoz.
Loir-et-Cher	Vendôme	Blonnel.
Loire	Saint-Étienne	Lardon.

K

MM.

Loire (Haute).....	Le Puy.............	Dugone.
	Brioude.............	Martinon-Saint-Fériol.
	Yssengeaux..........	Bonet de Trorches.
Loire-inférieure....	Châteaubriant........	Ernoul-Provoté.
	Paimbeuf............	Lemercier.
Loiret............	Gien............	Bachet-Saint-Aignan.
	Montargis...........	Maussion-Fougeret.
Lot-et-Garonne....	Agen...............	Grenier.
Lozère...........	Marvejols...........	Delmas.
Lys..............	Bruges.............	Vandewalle.
	Ypres..............	Coppieters-Wallanot.
Maine-et-Loire.....	Saumur.............	Esnault.
Manche..........	Valognes............	Delaville.
Marne............	Châlons.............	Turpin.
	Épernay.............	Léonard.
	Rheims.............	Lemercier.
Marne (Haute)....	Wassy.............	Guiot-Menisson.
Mayenne.........	Château-Gonthier......	Lemotheux.
Meurthe..........	Toul...............	Bouchon.
Meuse............	Montmédi...........	L'Enfant.
Mont-Blanc.......	Chambéry...........	Gabet.
Morbihan.........	Vannes.............	Glais.
	l'Orient.............	Trintiniau.
Moselle..........	Metz...............	d'Aumont
Nèthes (Deux)....	Malines.............	Demeulder.
Nièvre...........	Nevers.............	Decaulon-Svanzeller.
	Château-Chinon.......	Étignard.
	Clamecy............	Guillien.
Nord............	Avesnes.............	Desprez.
	Cambray............	Fremecourt-Lélie.
	Dunkerque..........	Gigaux.
	Hazebrouck..........	Van-Merris-Lynderick.
Oise............	Beauvais............	Leporquier-Devaux.
	Clermont............	Gagnage.
	Compiègne..........	Esmard.
	Senlis.............	Malezieux père.
Orne............	Domfront...........	Thomas Laprise.
	Mortagne..........	Berthre père.
Ourte............	Liége..............	Gasquy.
	Huy...............	Defooz.
	Malmédy...........	Nicolaï.

		MM.
Pas-de-Calais	Arras	Corne.
	Boulogne	Grandsire.
	SaintPol	Guffroy.
Puy-de-Dôme	Clermont	Boirot.
	Riom	Beker.
Pyrénées-orientales	Perpignan	Lamer.
Pyrénées (Basses)	Pau	Dangorsse.
	Mauléon	Piscou.
Rhin (Bas)	Barr	le Général Freytag.
	Saverne	Reisse.
	Wissembourg	Keller.
Rhin (Haut)	Altkirch	Blanchard.
	Délémont	Brandag.
	Porentruy	Quiquerai.
Rhin-et-Moselle	Coblentz	Masson.
	Bonn	le Général Guerin.
	Simmern	Pfender.
Rhône	Lyon	Nugue.
Roer	Aix-la-Chapelle	Pelzer.
	Cologne	Heermeann-Zuydtwick.
	Creveldt	Schippers.
Sambre-et-Meuse	Dinant	Tassin.
	Marche	Lambiot.
Saone (Haute)	Lure	Thomas.
Saone-et-Loire	Autun	Lachaise.
Sarre	Trèves	Herms.
Sarthe	Le Mans	Drouard.
Seine	Saint-Denis	de Croy.
	Sceaux	de Coulmiers.
	Paris	
	1.er Arrondissement	Pastoret.
	3.e	Richard d'Aubigny.
	4.e	Godard.
	5.e	Berthereau.
	6.e	Dutremblay.
	9.e	Guillaumot.
Seine-et-Marne	Melun	Barré de Saint-Venant.
	Coulommiers	Gouest.
	Fontainebleau	Besnard Saint-Etienne.
	Meaux	Lucy.
	Provins	Prévosts.

MM.

Seine-et-Oise......	Versailles............	Cholet.
	Corbeil.............	Andelle.
	Étampes.............	Roger.
	Mantes.............	Feugères.
Seine-inférieure....	Rouen.............	Lecouteulx.
	Dieppe............	Castel.
	Le Havre...........	Delonguemere.
Sesia...........	Bielle.............	Bavouz.
Somme..........	Amiens............	Duval père.
	Abbeville...........	Blancart.
	Montdidier..........	Cauvel.
Stura...........	Coni..............	Bonvicino.
	Mondovi............	Canaveri.
	Saluces............	Riccati.
Tarn...........	Castres............	Guy.
	Lavaure............	Latour Dejean.
Vienne..........	Mont-Morillon.......	Vignier-des-Costes.
	Civrai.............	Laubier-Grand-Fief, aîné.
	Poitiers............	Allard.
Vienne (Haute)...	Bellac.............	Lacroix.
	Limoges............	Loysel-Laguinière.
	Saint-Yrieix..........	Creuseint.
Vosges..........	Mirecourt...........	Estivaut.
	Epinal.............	Piers.
	Saint-Die............	Febvrel.
Yonne..........	Sens..............	Tarbé.
	Auxerre............	Reboul.
	Avallon............	Davoust.

SOUS-PRÉFETS.

MM.

Ain............	Belley.............	Charcot.
	Nantua............	Meurier.
	Trévoux............	Sausset.
Aisne...........	Château-Thiéry.......	Corvoisier.
	Saint-Quentin........	Dunez.
Allier...........	Gannat............	Hennequin.
	La Palisse...........	Cossonier.
	Mont-Luçon..........	

MM.

Alpes (Basses)	Sisteron..............	Bignon.
Alpes (Hautes)....	Briançon.............	Barthelemy.
	Embrun	Meissas.
Alpes-maritimes....	Monaco..............	Dechassepot.
	Puget-Therniers.......	Blanqui.
Ardèche..........	L'Argentière	Bastide.
	Tournon.	Bauve.
Ardennes.........	Rethel...............	Noblet.
	Rocroy	Billaudel.
	Sedan	Philipoteaux.
	Vouziers	Coster.
Arriége.	St.-Girons.	Bellonguet.
Aube.............	Arcis-sur-Aube........	Parcy.
	Bar-sur-Aube	Rivierre.
	Bar-sur-Seine	Legouest.
	Nogent-sur-Seine......	Feugé.
Aveyron..........	Espalion	Carrié.
	Milhau..............	Randon.
	Villefranche	Flangergues.
Bouches-du-Rhône.	Aix.................	Aubert.
	Tarascon............	Paris.
Calvados.........	Bayeux	Lalouette.
	Falaise..............	Rulhière.
	Lisieux	Lecordier.
	Pont-l'Évêque........	Mollien.
	Vire................	Asselin.
Cantal...........	Mauriac.............	Henri Lalo.
	Murat	Chabanon.
	Saint-Flour..........	
Charente.........	Cognac..............	Caminade.
	Confolens...........	Memineau.
	Rufed	Mimaud.
Charente-inférieure.	Jonzac..............	Thenard de Mousseau.
	La Rochelle.........	Destouches
	Rochefort...........	Bernard.
	Saint-Jean d'Angely....	Maillard.
Cher.............	Saint-Amand........	Boitiers Saint-Georges.
	Sancerre	Petit.
Corrèze	Ussel...............	Raimond Penières.

MM.

Côte-d'Or	Beaune	
	Châtillon	Martin.
	Semur	
Côtes-du-Nord	Cuingamp	Mauviel.
	Lannion	Legrontec.
	Loudéac	Hillion.
Creuse	Aubusson	Remy.
	Bourganeuf	Chassoux.
	Boussac	Bourdon.
Dordogne	Montron	Geoffroi Boyer.
	Riberac	Galaup.
	Sarlat	Malville.
Doubs	Baume	Kilg.
	Pontarlier	Micaud.
Drôme	Saint-Dié	Ealquet Travail.
	Montélimart	Gaud Roussillac.
	Nyons	Pons.
Dyle	Louvain	Duchâtel.
Escaut	Audenarde	Beyens.
	Eecloo	Bazenerie.
	Termonde	Devos.
Eure	Les Andelys	Guilbert.
	Bernay	Gattier.
	Louviers	Frontin.
	Pont-Audmer	Durand.
Eure-et-Loir	Château-Dun	Marceau.
	Dreux	Mars.
	Nogent	Rouillié.
Finistère	Brest	Lefebvre Lapacquergo.
	Morlaix	Duquesne.
Forêts	Bitbourg	Wilmar.
	Diekirch	Boitel.
	Neufchâteau	Collard.
Gard	Alais	Serres.
	Levigan	Saint-Paul.
Garonne (Haute)	Castel Sarrasin	Mieulet-la-Rivierre.
	Muret	Thomassin.
	Villefranche	Barau.
Gers	Lombès	Cassassoles.
	Mirande	Ducos.

MM.

Gironde	Blaye	Aubert
	Laréole	Jognet.
	Lesparre	Cavaignac.
	Libourne	Lagreze.
Golo	Calvi	Xavier Giubega.
Hérault	Lodèves	Fabreguettes.
	Saint-Pons	Barthès.
Ille-et-Vilaine	Fougères	Barron.
	Montfort	Maudet.
	Saint-Malo	Boulet.
	Vitré	Maurepas.
Indre	Issoudun	Arthuys Charnezai.
	La Châtre	Cuinat.
	Leblanc	Gastebois-des-Étangs.
Indre-et-Loire	Loches	Lemaistre.
Isère	Saint-Marcellin	Grassot.
	Vienne	Jolly.
Jemmape	Charleroy	Troye.
	Tournay	Lahure.
Jura	Dôle	Angrer.
	Saint-Claude	Gacon.
Landes	Daux	Forsans.
	Saint-Sever	Castels.
Léman	Bonneville	Gavard.
	Thonon	Milliet.
Loir-et-Cher	Romorantin	Lefebvre.
	Vendôme	Lefebvre.
Loire	Roanne	Huë-La-Blanche.
	Saint-Étienne	Saureas.
Haute-Loire	Brioude	Croze.
	Yssengeaux	Dauthier.
Loire-inférieure	Paimbœuf	Maublanc.
	Savenay	Magouet.
Loiret	Gien	Dartonne.
	Montargis	Mésange.
	Pithiviers	Lambert.
Lot	Figeac	Lavernhe.
	Gourdon	Niocel.
	Montauban	Verninac.

MM.

Département	Ville	Nom
Lot-et-Garonne	Marmande	Lamarque.
	Nérac	Villeneuve Bergemont,
	Villeneuve-d'Agen	Saint-Genies.
Lozère	Florac	Cade.
Lys	Courtray	Herwyn.
	Ypres	Gallois.
Maine-et-Loire	Beaugé	Duclos.
	Beaupréau	Barré.
	Saumur	Delabarbe.
	Segré	Jarry Montpelleray.
Manche	Avranches	Larurey.
	Mortain	Pallix.
	Valognes	Lemaignan.
Marengo	Casal	Charles Laville.
Marne	Épernay	Carré.
	Rheims	Leroy.
	Sainte-Menehould	Drouet.
	Vitry-sur-Marne	Deflorcy.
Marge (Haute)	Langres,	Berthot.
	Wassy	Clément Leblanc.
Mayenne	Château-Gonthier	Maignan.
	Mayenne	Chevallier
Meurthe	Château-Salins	Noel.
	Lunéville	Lejeune.
	Toul	Gehin.
Meuse	Commercy	Hussenot.
	Montmédy	Gérard.
	Verdun	Lefebvre.
Meuse-inférieure	Hasselt	Arnoul.
	Ruremonde	Leger.
Mont-Blanc	Moutiers	Avet.
	Saint-Jean-de-Maurienne	Belmain.
Mont-Tonnerre	Kaiserslautern	Petersen.
	Spire	Verny.
Morbihan	L'Orient	Garnier.
	Ploermel	Gaillard Latouche.
	Pontivy	Chabrol.
Moselle	Briey	Emmery.
	Sarreguemines	Jacquinot.
	Thionville	Rolly.

Nièvre.

MM.

Nièvre............	Château-Chinon.......	Lepayen de Vigneult.
	Clamecy............	Laramée.
Nord............	Avesnes............	Prissette.
	Cambray............	Dumolard.
	Douay.............	Masclet.
	Dunkerque..........	Schadet.
	Hazebrouck..........	Dequeux Saint-Hilaire.
Oise............	Clermont............	Leriche.
	Compiègne..........	Jarry-Mancy.
	Senlis..............	Fleury.
Orne............	Argentan............	Bouffey.
	Domfront..........	Barbotte.
	Mortagne...........	Delestang.
Ourthe...........	Huy...............	Robinot-Varin.
	Malmédy............	Perigny.
Pas-de-Calais......	Béthune.............	Poidevin.
	Boulogne............	Duplaquet.
	Montreuil...........	Poultier.
	Saint-Omer..........	Besnard Lagrave.
	Saint-Pol...........	Garnier.
Puy-de-Dôme.....	Ambert............	Pourrat.
	Issoire	Girot.
	Riom..............	Faydit.
Pyrénées (Basses)...	Mauléon	Detcheparc fils.
	Orthès.............	Parayge.
Pyrénées (Hautes)..	Argelès.............	Gertoux fils.
	Bagnères...........	Ambialet.
Pyrénées-orientales..	Prades.............	Issor.
Rhin (Bas).......	Barr...............	Cunier.
	Saverne............	Reiss.
	Wissembourg.........	Hossenau.
Rhin (Haut)......	Altkirch............	Sommer Vogel.
	Délémont...........	Holtz.
	Porentruy..........	Daubers.
Rhin-et-Moselle...	Bonn..............	Roosfeld.
	Simmern...........	Vaurecum.
Rhône...........	Villefranche.........	Sain.
Roer............	Creveldt............	Jordans.
	Clèves.............	Keversberg.

L.

MM.

Department	Arrondissement	Name
Sambre-et-Meuse..	Dinant	Delving.
	Marche	Briard.
	Saint-Hubert	Dewez.
Saone (Haute)....	Gray	Crestin.
Saone-et-Loire....	Châlons	Simonnot.
	Charolles	Geoffroy.
	Louhans	Debranges.
Sarre..	Prum	Pettmesser.
	Birkenfeld	Theremin.
Sarthe..	La Flèche	Hardouin Fuardière.
	Mamers	Courtenein.
	Saint-Calais	Souïn Lalibergerie.
Seine.	Saint-Denis	Dubos.
	Sceaux	Houdeyer.
Seine-et-Marne...	Coulommiers	Fretel.
	Fontainebleau	Valade (César.)
	Meaux	Godart.
	Provins	Simon.
Seine-et-Oise.....	Corbeil	Besnard.
	Étampes	Bouraine.
	Mantes	Bonnel.
	Pontoise	Vannier.
Seine inférieure....	Dieppe	Cartier.
	Le Havre	Faure.
	Neufchâtel	Pocholle.
	Yvetot	Le Crand.
Sésia.	Bielle	Riccati.
Sèvres (Deux).....	Mel	Jar-Panvillier.
	Parthenay	Charbonneaux.
Somme.	Abbeville	Dumont.
	Doullens	Ponticourt.
	Montdidier	Lendormy.
	Péronne	Malafosse.
Stura.	Mondovi	Richeri.
	Saluces	Bressi.
	Savigliano	Capelli.
Tanaro.	Acqui	Filly.
	Albe	Trompeo.
Tarn.	Castres	Lachadenède.
	Gaillac	Bermont.
Var.	Toulon	Sènes jeune.

MM.

Vaucluse.........	{ Apt................	Terrase.
	Orange.............	Guerin.
Vendée..........	Montaigu...........	Clemenceau.
Vienne...........	{ Chatellerault........	Vincent Brauld.
	Civray.............	Pressac Desplances.
	Loudun............	Durand de la Renerie.
Vienne (Haute)...	{ Bellac..............	Badou.
	Rochechouart.......	Perigord.
	Saint-Yrieix..........	Gondinet.
Vosges..........	{ Mirecourt...........	Cerrant Le Brun.
	Neufchâteau.........	Ferrier.
	Remiremont.........	Richard.
	Saint-Dié..........	Birot.
Yonne..........	{ Avalon.............	De Châteauvieux.
	Joigny.............	Ragon.
	Sens..............	Bouley.
	Tonnerre...........	Rathier.

MAIRES DES TRENTE-SIX PRINCIPALES VILLES.

MM.		MM.	
Paris et arrond.ent	1.er... Huguet-Demontaran.	Lyon, Sections.	1.re.... Bernard-Chaspieux
	2.e... Brières-Mondétour.		2.e..... Parent.
	3.e... Rousseau.		3.e..... Saint-Rousset.
	4.e... Bevierres.	Rouen............	Demadrières.
	5.e... Morreau.	Turin............	Logier.
	6.e... Bricogne.	Nantes...........	Deloynes.
	7.e... Dupont.	Bruxelles.........	Vanlangenhoven.
	8.e... Bénard.	Anvers...........	J.-Ét. Werbrouck.
	9.e... Peron.	Gand............	Delafaille.
	10.e... Duquesnoy.	Lille.............	Debrigode.
	11.e... Camet - Delabonnard.	Toulouse........	Picot-Lapeyrouse.
	12.e... Collette.	Liége............	Bailly.
Marseilles, Sections.	Midi... Granet.	Strasbourg.......	Hermann.
	Centre. Mosny.	Aix-la-Chapelle...	Lomessem.
	Nord.. Sarmet.	Orléans..........	Crignon - Desormeaux.
Bordeaux, Sections.	Nord.. Fieffé.	Amiens..........	Debray.
	Sud... Mathieu.	Angers..........	Joubert-Bonnaire.
	Centre. Letellier.	Montpellier......	Louis Granier.
		Metz............	Goussaud - d'Antilly.

	MM.		MM.
Caen	D'Aigremont - S.¹-Mauvreux.	Mayence	Maké.
Alexandrie	Picpratie.	Tours	Deslandes-Preuilly.
Clermont	Sablon.	Bourges	Calande - Clamcy.
Besançon	Daclin.	Grenoble	Renaudon.
Nancy	Lallemand.	Larochelle	Garan.
Versailles	Pétigny.	Dijon	Renfer-Bretinière.
Rennes	Lorin.	Rheims	Trousson-Lecomte
Genève	Maurice.	Nice	Romey.

PRÉSIDENS D'ASSEMBLÉES DE CANTON.

DÉPARTEMENT DE L'AIN.

Arrondissement de BOURG.
MM.

Bourg	Thomas Riboux.
Ceizeriat	Lacottière.
Coligny	Gamet.
Montrevel	Robert.
Pont-d'Ain	Moyret.
Pont-de-Veyle	Tardy.
Treffort	Marietan.

Arrondissement de BELLEY.

Amberieux	Cozon.
Champagne	Garin.
L'Huis	Guigard.
Belley	Monnier.

Lagnieux	Compagnon Laservette.
Poncin	Bochare.
Saint-Rambert	Falavier.
Virieux-le-Grand	Jenin.

Arrondissement de NANTUA.

Brenod	Carrier.
Châtillon de Michailles	Passerat Lachapelle.
Nantua	Douglas.

Arrondissement de TRÉVOUX.

Meximieux	Barret.
Montluel	Segaud.
Trévoux	Despinassi.

DÉPARTEMENT DE L'AISNE.

Arrondissement de LAON.

Aniry-le-Château	Dubois de Courval,
Coucy-le-Château	Pipelet Moulizeau.
Craonne	Montois.
Crécy-snr-Serre	Sallandre.
La Fère	Dupuis.
Laon	Louis.
Neufchâtel	Jamin.
Sissonne	Pautin.

Arrondiss.¹ de CHÂTEAU-THIERRY.

Château-Thierry	Pinterel.

Condé	Henry.
Fère-en-Tardenois	Lacan.
Neuilly-S.¹-Front	Valentin Cullion.

Arrondissm.¹ de SAINT-QUENTIN.

Le Catelet	Priel.
Moy	Leduc.
Saint-Quentin	Fizeau.
Saint-Simon	Belin.
Vermand	Caulaincourt.

Arrondissement de SOISSONS.

Soissons	Lalourcé.

MM.   MM.

Villers-Coteréts ... Collard.   Hirson............ Coluet.

Arrondissement de VERVINS.   Le Nouvion...... Bourgeois.

Guise.......... Wiéville-des-Essarts.   Vervins .... Dallery.

DÉPARTEMENT DE L'ALLIER.

Arrondissement de MOULINS.

Lurcy-le-Sauvage.. Tiersonnier.
Moulins, 2.ᵉ *section,* Durin.
Souvigny........ Saulnier.

Arrondissement de GANNAT.

Ebreuil.......... Fauget.
Gannat.......... Lucas.

Arrondissement de la PALISSE.

Cusset............ Dusaray-Vignolle.
Palisse (La)..... Lapoix - Freminville.

Arrondissement de MONT-LUÇON.

Cerilly............ Butty.
Hérisson........ De Favières.
Montmarault..... Michelon.

DÉPARTEMENT DES BASSES-ALPES.

Arrondissement de DIGNE.

Digne........... Jouyne.

Arrondissement de CASTELLANNE.

Entrevaux........ David.

Arrondissement de FORCALQUIER.

Forcalquier....... Maisse(M.ⁿˢ-Félix).
Manosque........ Rufin.
Peyruis.......... Aillaud.

DÉPARTEMENT DES HAUTES-ALPES.

Arrondissement de GAP.

Gap............. Labastié.
Rozans.......... Chauvet.

Arrondissement de BRIANÇON.

Aiguilles........ Richard.

Briançon........ Albert.

Arrondissement d'EMBRUN.

Embrun........ Laforgue.

DÉPARTEMENT DES ALPES-MARITIMES.

Arrrondissement de NICE.

Nice, 2.ᵉ Section.. Miollis, *Général de Division.*
Ville-Franche..... Tiranti.

Arrondissement de MONACO.

Menton.......... Mouléon.

Monaco......... Trémois.
Perinaldo........ Crabalona.

Arrondissem.ᵗ de PUGET-THENIERS.

Beuil............ Lombard.
Villars.......... Garrel.

DÉPARTEMENT DE L'ARDÈCHE.

Arrondissement de PRIVAS.

MM.

Aubenas............	Dalmas, *Législ.*
Bourg-St.-Andéol..	Fabry.
Rochemaure......	Chevalier - Montron.
Villeneuve-de-Berg.	Laboissière.

Arrondissement de l'ARGENTIÈRE.

Argentière (L') ...	Rissard.
Coucouron........	Enjolras.

MM.

Thueyts..........	Roux.
Valgorge..........	Duchamp.
Vallon............	Valladier.
Vans (Les)......	Lahoudes.

Arrondissement de TOURNON.

Annonay..........	Desfrançais - Delolme.
Satillieu.........	Dufaure-Satillieu.

DÉPARTEMENT DES ARDENNES.

Arrondissement de MÉZIÈRES.

Flize............	Labauche.
Mezières.........	Millet.
Monthermé.......	Desrousseaux.
Omont..........	Pierre-Sarazin.
Renwez..........	Guillaume.
Signy-le-Grand...	Goujon.

Arrondissement de ROCROIX.

Fumay...........	Lefort.
Philippeville......	Cardon.
Rocroy..........	Cazin.

Signy-le-Petit.....	Raux.

Arrondissement de SÉDAN.

Bouillon..........	Jobard.
Carrignan........	Gobert.
Sédan ... { 1.re...	Poupart.
2.e....	Rousseau.

Arrondissement de VOUZIERS.

Attigny..........	Hemrat.
Monthois........	Damourette.
Vouziers.........	Hannotin.

DÉPARTEMENT DE L'ARRIÉGE.

Arrondissement de FOIX.

Ax..............	Sans.
Foix............	Royer aîné.

Arrondissement de PAMIERS.

Mas-d'Azil (Le).	Falentin - Seintenac-Lafitte.

Arrondissement de SAINT-GIRONS.

Oust,............	Ouriés.

DÉPARTEMENT DE L'AUBE.

Arrondissement de TROYES.

Lusigny..........	Gervais.
Troyes.... { 1.re..	Jaillant.
2.e..	Parizot.
3.e..	Paillot-de-Loine.

Arrondissement d'ARCIS-SUR-AUBE.

Arcis-sur-Aube ...	Delahuproye.
Ramerub........	Dubois.

Arrondissement de BAR-SUR AUBE.
MM.
Bar-sur-Aube..... Pavée - de - Vau-deuvre.
Brienne-le-Château. Pierret.

Arrondissement de BAR-SUR-SEINE.
Bar-sur-Seine..... Bergeon.
Chaources........ Balbé-Crillon.

MM.
Essoyes.......... Sosselin (Mar tin)
Mussy........... Etienne.
Riceys (Les)..... Bluget.

Arrond. de NOGENT-SUR-SEINE.
Marcilly-le-Hayer. Pollentru.
Nogent-sur-Seine. Rivierre.
Romilly-sur-Seine. Belot.

DÉPARTEMENT DE L'AUDE.

Arrondissement de CARCASSONNE.
Saissac............ Boussac.

Arrondissement de LIMOUX.
Roquefort........ Cussol.........

Arrondissement de NARBONNE.
Narbonne......... Salaman.

DÉPARTEMENT DE L'AVEYRON.

Arrondissement de RODÈS.
Mareillac......... Seguret.
Pont-de-Salars.... Dornès
Rodès........... Vaissetes.

Arrondissement d'ESPALION.
Espalion......... Pons-de-Caylus.
Saint-Geniès...... Morand-Flijolle.

Arrondissement de MILHAU.
Laissac............ Monestier.

Milhau.......... Balbis.
Saint-Bauzely.... Poujas.
Salles-Curau...... Blancis, aîné.

Arrondissement de S. AFRIQUE.
Cornus.......... Fabry.
Saint-Afrique..... Barazent.

Arrondissement de VILLEFRANCHE.
Saint-Antonin.... Pomier.

DÉPARTEMENT DES BOUCHES-DU-RHONE.

Arrondissement de MARSEILLE.
La Ciotat........ Olivier (Magloire).
Marseille..{ 2.ᶜ.... Saget le Vieux.
           { 3.ᶜ.... L'Olive.
           { 4.ᶜ.... Aycard.

Arrondissement d'AIX.
Aix...{ 1.ʳᵉ Nord.. Sallier.
      { 2.ᶜ........ Bermond cadet.

Berre........... Jauffret.
Istres........... Bérard.

Arrondissement de TARASCON.
Arles, 1.ᵉʳ........ Ripère.
Eignières........ Isnard.
Orgon.......... Toulouse.

DÉPARTEMENT DU CALVADOS.

Arrondissement de *CAEN*.

MM.

Creuilly	Lhoste-Delivry.
Evrecy	Croisilles.
Tilly-sur-Seulles	Neeltoutint.
Troarn	Delaunay.

Arrondissement de *BAYEUX*.

Bayeux	Delaunay.
Caumont	Aveline.
Ryes	Genac aîné.

Arrondissement de *FALAISE*.

Bretteville-sur-Laise. Faucillon-Duparc.

MM.

Falaise.... { 1.re.... Valois-S.-Léonard. / 2.e.... Brossard. }

Thury-Harcourt... Darthenay.

Arrondissement de *LIZIEUX*.

Lizieux... { 1.re.... Laroche-Perteville. / 2.e.... Nasse-Dubois. }

Orbec.......... Rivière.

Arrondissement de *PONT-L'ÉVÊQUE*.

Blang	Lecordier Duperey
Dives	Arcambal.

Arrondissement de *VIRE*.

Condé-sur-Noireau. Callais.

DÉPARTEMENT DU CANTAL.

Arrondissement d'*AURILLAC*.

Aurillac...... { 1.er Coffinhal. / 2.e Perret. }

Maurs	Depeyroneucq.
Montsalvy	Delmas.
Saint-Cernin	Prax.
Vic-sur-Ceré	Murat Sistriers.

Arrondissement de *MAURIAC*.

Salers............ Salvages.

Arrondissement de *MURAT*.

Allanche	Peuvergne.
Marcenat	Tournade.
Murat	Dubois-Miermont.

Arrondissement de *SAINT-FLOUR*.

Massiac	Altaroche.
Ruines	Bernard.

Saint-Flour... { 1.re Borel de Mont-chauvel. / 2.e Salvage , *Colonel*. }

DÉPARTEMENT DE LA CHARENTE.

Arrondissement d'*ANGOULÊME*.

Rochefoucault (La)	Dubousquet.
Rouillac	Briand.
Vallete (La)	Lanove.

Arrondissement de *BARBEZIEUX*.

Aubeterre	Graviers.
Baignes	Piet fils.
Brossac	Delafaye-des-Rabiers.
Chalais	Michelon.

Montmoreau...... Senemeaud.

Arrondissement de *COGNAC*.

Jarnac-Charente... Morvand.

Arrondissement de *CONFOLENS*.

Chabanois........ Peyroche.

Confolens.... { 1.re Babaut-Marsillac. / 2.e Prevost-du-Marest. }

Montambœuf..... Legros - Montambœuf.

Arrondissement

Arrondissement de RUFFEC.

MM.

Villefagnan...... Poitevin.

MM.

Aigre........... De l'Étang.
Mansle.......... Prevot.

DÉPARTEMENT DE LA CHARENTE-INFÉRIEURE.

Arrondissement de SAINTES.

Gemozac........ Gautret.
Saint-Porchaire ... Deviaud-Fleury.
Saujon.......... Bernard aîné.

Arrondissement de JONSAC.

Jonsac.......... Laverny.
Mirambeau...... Mercier père.
Montguyon...... Tenard.
Saint-Genis...... Poché-Lafond.

Arrondissement de LA ROCHELLE.

Jarrie (La)...... Roy.

La Rochelle 1.re s.on Fleuriot-Bellevue.

Arrondissement de MARENNES.

Saint-Aignan..... Billotte.

Arrondissement de ROCHEFORT.

Aigrefeuille....... Ladmirault.
Surgères......... Boulet.

Arrondissem.t de S.t JEAN-D'ANGÉLY.

Aulnay.......... Merveilleux.
Matha........... Guérin.
Saint-Savinien.... Jouneau.
Tonnay-Boutonne. Griffon aîné.

DÉPARTEMENT DU CHER.

Arrondissement de BOURGES.

Baugy .... Vuitry.
Graçay.......... Water.
Lury............ Musnier.
Mehun.......... Moyret.
Menetou-Salon ... Dumont de la-
               Charnaye.
Vierzon.......... Gourdon des Bruns.

Arrondissement de SAINT-AMAND.

Charanton....... Geoffrenet.
Chateau-Meillant.. Biarnais.
Lignières........ Perrot.
Sancoins .... Dumont-Werville.

Arrondissement de SANCÈRE.

Argent.......... Lemaître.
Sancergues....... Métairies.

DÉPARTEMENT DE LA CORRÈZE.

Arrondissement de TULLE.

Seilhac.......... Lavialle.
Treignac........ Chavenier.

Arrondissement de BRIVE.

Beynac.......... Bedoche.
L'arche.......... Marchant-Bourieu.
Lubersac........ Laviale.
Vigeois.......... Nauche.

Arrondissement D'USSEL.

Bugeat.......... Lagrange.
Eygurande....... Lamagorie - Sour-
               cac.
Meymac......... Mater.
Sornac.......... Plaranet.
Ussel........... Delmas.
Neuvic.......... Dupuy.

M

DÉPARTEMENT DE LA COTE-D'OR.

Arrondissement de *DIJON*.
MM.

Auxonne......... Morard-Labayette.
Dijon .... { 2.ᶜ Legoux.
{ 3.ᶜ Dezé.
Grancey - en - Montagne........:. Manvat.
Mirebeau .... Buvée.
Saint-Seine ...... Chaussier.

Arrondissement de *BEAUNE*.
MM.

Beaune, 1.ʳᵉ Sec.ᵒⁿ. Edouard.
Belledéfense ...... Hernoux.

Arrondissement de *SÉMUR*.
Montbard........ Champion.
Sémur........... Gueneau.

DÉPARTEMENT DES COTES-DU-NORD.

Arrondissement de *SAINT-BRIEUC*.
Chatelaudren..... Cabiau.
Lamballe........ Besnier.
Lanvollon........ Gicquel.
Moncontour...... Glais.
Paimpol .... Lambert fils.
Saint-Brieuc . { 1.ʳᵉ Latimier - Duclezieux.
{ 2.ᶜ Couppé.

Arrondissement de *DINAN*.
Broons .... Touzet.
Dinan, 1.ᵉʳᵉ ...... Néel.
Dinan , 2.ᶜ .... Gondelin.
Evran.......... Moncet.
Jugon........... Ribault.
Matignon........ Genty.
Plancoët........ Lavigne - Rouault.
S.ᵗ-Jouan-de-l'Isle. Robert.

Arrondissement de *GUINGAMP*.
Bégard .... Létriée-Tiec.
Plouagat-Châtelaudren........... Lecorvaisier.
Pontrieux .... Bernard.
Bourbrac... ..... Guillon.
Rostrenen........ Lebris.
Guingamp........ Vistorte.

Arrondissement de *LANNION*.
Lannion........ .... Despoiries.
Lezardrieux....... Letroade fils.
Perros-Guirec..... Allain.
Plouaret .... André.
La Roche-Derieu.. Lesaux
Treguier......... Cavau.

Arrondissement de *LOUDÉAC*.
Loudéac......... Robin.
Merdrignac....... Onfray.

DÉPARTEMENT DE LA CREUSE.

Arrondissement de *GUERET*.
Ahun............ Jorand.
Gueret.......... Purat.
Saint-Vaury...... Voysin-Gartempe.
La Souterraine.... Martin du Couret.

Arrondissement d'*AUBUSSON*.
Aubusson .... Espagne.
Bellegarde - Saint-Sylvain........ Laporte.

Chenerailles ...... Rebière de l'An.
Evaux........... Vertadier.
Felletin.......... Coulandon Villart.
Gentioux et Pallier. Coutissou-Dumas.
Saint - Sulpice - les-Champs........ Assolant.

Arrondissement de *BOUSSAC*.
Chambon........ Dupuy-Latat-Laviergne.

DÉPARTEMENT DE LA DOIRE.

Arrondissement d'YVRÉE.
MM.
Strambin........... Pavetti.

Arrondissement de CHIVASSO.
MM.
Saint-George..... Botta.

DÉPARTEMENT DE LA DORDOGNE.

Arrondissement de PÉRIGUEUX.
Exideuil.......... Bon.
Périgueux......... Lanxade.
Savignac-les-Églises. Mallet, aîné.

Arrondissement de BERGERAC.
Bergerac.......... Coudèrc.
Cunèges.......... Bontemps.
Saint-Alvère...... Morand-du-Puch,
       Général.
Velines........... Dourraulte - Pri-
       maudière.
Villamblare....... Paulhiot - de - la -
       Sauvetot.

Arrondissement de NONTRON.
Bussière-Badil .... Durousseau.
Jumillac-le-Grand.. Jumilhac.

Mareuil........... Dereix.
Nontron.......... Durand-Nouillac.
Thiviers.......... Theulier.

Arrondissement de RIBERAC.
Mucidan.......... Leybardie-Longua.
Riberac.......... Poumeyrol.
Saint-Aulaye..... Galaup.

Arrondissement de SARLAT.
Bugue (Le)...... Limoges.
Carlux........... Lavigerie.
Montignac....... Lagorce.
Salignac......... La Calprenède-
       Coste.
Sarlat.......... Selves aîné.
Terrasson....... Remy-de-Méry.

DÉPARTEMENT DU DOUBS.

Arrondissement de BESANÇON.
Besançon 2.ᶜ...... Bonnard.
Boussière........ Barrière.
Ornans.......... Sagey.
Quingey......... Renaud.

Arrondissement de BAUME.
Baume.......... Marchand.

Clerval.......... Bourqueney.

Arrondissement de PONTARLIER.
Morteau.......... Gaudion.
Pontarlier........ Regnault.

Arrondis. de SAINT-HIPPOLYTE.
Blamont.......... Cléry.

DÉPARTEMENT DE LA DROME.

Arrondissement de VALENCE.
Grand-Serre (Le). Martin.
Loriol........... Blancàrd.
Romans......... Revol.
Saint-Donat...... Paul.
Valence......... Saint-Germain.

Arrondissement de DIE.
Bourdeaux....... Vigne.
Châtillon........ Victor-Pascal.
Crest 2.ᶜ........ Tavan.
Luc-en-Diois..... Morin.
LaMotteChalençon. Magnan-Duclau.

M 2

MM.

Saillans . . . . Pourtier aîné.

Arrondissement de NYONS.

MM.

Buis (Le) . . . . Fare.

DÉPARTEMENT DE LA DYLE.

Arrondissement de BRUXELLSE.

Anderlecht . . . . Ruzette.
Volluwe-S.ᵗÉtienne Massaux.

Arrondissement de LOUVAIN.

Louvain 2.ᶜ . . . . . . Verlat.

Arrondissement de NIVELLES.

Jodoigne . . . . Delescaille.
Nivelles 1.ᵉʳ arrond.ᵗ Vanmemen.
Wavre . . . . Herpigny.

DÉPARTEMENT DE L'ESCAUT.

Arrondissement de GAND.

Gand 1.ʳᵉ . . . . Deyens.

Arrondissement d'ECCLOO.

Izendik . . . . Beuteyn.
Caprick . . . . Audenarde.
Eccloo . . . . Béclaert.

Arrondsssement de TERMONDE.

Alost . . . . {1.ᵉʳ Leunkens.
                      {2.ᶜ. Declerq.
Hamme . . . . Ysebrant.
Lockeren . . . . Tack.
Saint-Giles . . . . . . Brouwer.
Saint-Nicolas . . . . . Demulder.
Tamise . . . . Brackmann.
Wetteren . . . . Vilain-Quatorze.

DÉPARTEMENT DE L'EURE.

Arrondissement d'ÉVREUX.

Breuteuil . . . . Daupelay-Bonval.
Conches . . . . Defougy.
Damville . . . . Potin.
Évreux . . . . {1.ᵉʳ Lieudé de Sepman-
                          ville.
                     {2.ᶜ Barrey des Au-
                          thieux.
Nonancourt . . . . . Darjuson.
Pacy . . . . Demonthiers.
Rugles . . . . Lemaréchal.
Verneuil . . . . Vallée des Noës.
Vernon . . . . Rigault.

Arrondissement des ANDELYS.

Andelys (Les) . . . . Flavigny.
Ecos . . . . Debois - d'Enne
mets.

Etrépagny . . . . . . Lefèvre - Vatimes-
                      nil.
Gisors . . . . Fourmont - Tour-
                      nay.
Grainville . . . . Leblond .
Lions . . . . Combaud - d'Au-
                      teuil.

Arrondissement de BERNAY.

Baaumesnil . . . . . . Agis-de-S.ᵗ-Denis.
Beaumont-le-Roger. Duval-Dumesnil .
Bernay . . . . Mutel.
Chambrois . . . . . . Debonneville.

Arrondissement de LOUVIERS.

Louviers . . . . Lecamus aîné.
Tourville . . . . Godard.

Arrondissement de PONT-AUDEMER.

MM.

Beuzeville........ Delamotte.
Bourgthéroude.... Thorin.
Cormeilles........ Devarin.
Montfort-sur-Risle. Rabasse.

MM.

Pont-Audemer..... Eude.
Quillebeuf....... Depillon.
Routôt.......... Lereffait.
Saint-Georges-du-
   Vièvre..........Beauval.

DÉPARTEMENT D'EURE-ET-LOIRE.

Arrondissement de CHARTRES.

Anneau.......... Lambert.
Chartres...... {1.re Brocheton.
         {2.e Coubré S.t-Loup.
Courville........ Dussieux.
Janville......... Champignan.
Illiers.......... Desligneris père.
Maintenon....... Chapelain - Dese-
        resville.
Voves.......... Duroure.

Arrondissement de CHÂTAUDUN.

Bron........... Maignen.

Cloyes.......... Loger fils.

Arrondissement de DREUX.

Anet........... Nuguès.
Châteauneuf...... Foust
Dreux.......... Mahiel-S.t-Clair.
Ferté-Vidame (La). Fenéant.
Nogent-Roulebois. Devougny-Boques-
        tant.

Arrondissement de NOGENT.

Authon.......... Durand-Pizieux.
La Loupe........ Caquet.
Nogent-le-Rotrou.. Fergon.

DÉPARTEMENT DU FINISTÈRE.

Arrondissement de QUIMPER.

Douarnenez...... Grivart.
Fouesnant........ Herniot.
Pont-l'Abbé...... Kerillis-Caloch.
Quimper........ Ledéan.

Arrondissement de BREST.

Brest, 1.re........ Guilhem.
Landernau...... Malassis.
Lesneven........ Kmenguy.
Ploudalmezeau.... Corric.

Arrondissement de CHÂTEAULIN.

Huelgoat (Le).... Guillard Kersausic.

Arrondissement de MORLAIX.

Lanmeur........ Chaillon.
Morlaix......... Philippe Delleville·
Plouescat........ Delaunay.
Plouzévedé...... Carné.
Pouton (Le)..... Fresnel.
Saint Thegonec... Tromelin-Ledalle.
Taulé.......... Borguis Desbordes.

Arrondissement de QUIMPERLÉ.

Bannalec........ Prevost.
Quimperlé....... Decourbes.
Scaër.......... Tredern.

DÉPARTEMENT DES FORÊTS.

Arrondissement de LUXEMBOURG.

Arlon.......... Pocelet.
Bettembourg...... Malade.

Grewenmarcher... Thierry.
Luxembourg.. {1.re Wanderbach.
         {2.e Servais.

MM.

Messancy........ Herddesdorff.

Arrondissement de BITIBOURG.

Artzfeld .... Tucks.

Arrondissement de NEUFCHÂTEAU.

MM.

Etalle .... Tschoffen.
Florenville ...... Richard.
Sibret .... Machuray.

DÉPARTEMENT DU GARD.

Arrondissement de NÎMES.

Aramon.......... Sauvau-Daramon.
Nîmes, 1.re ...... Nouverie-Génas.
Vauvert.......... Moynier.

Arrondissement d'ALAIS.

Alais............. Firmas Peries.
Anduze.......... Coulomb aîné.
Genolhac........ Dautun.
Saint-Jean-du-Gard. Boudon-Lasalle.

Arrondissement d'UZÈS.

Pont-Saint-Esprit.. Defages-Charol.
Remoulins....... Castille.
Saint-Chaptes..... De l'Euze.
Usès............ Darnaud-Valabris.

Arrondisement du VIGAN.

Saint - André - de-
  Valborgne...... Debroche.
Saint-Hippolyte... Lapeyrouse.
Sumène.......... Tarteyron.

DÉPARTEMENT DE LA HAUTE-GARONNE.

Arrondissement de TOULOUSE.

Cadour.......... Pérignon.
Fronton......... D'Adhemar.
Toulouse..... { 2.e Tessinier.
{ 4.e Dessoles.

Arrondissement de MURET.

Cazerès......... Pérignon.
Cintegabelle...... Valmalette.

Arrondissement de SAINT-GAUDENS.

Aurignac........ Goutelongue.
Saint-Béat....... Fontan.

Arrondissement de VILLEFRANCHE.

Montgiscard...... Ortric aîné.
Nailloux......... Duperrier.
Villefranche...... Gabalda.

DÉPARTEMENT DU GERS.

Arrondissement d'AUCH.

Vic-sur-Losse..... Cassaignolle.

Arrondissement de CONDOM.

Cazaubon........ Cappin aîné.
Éauze........... Daydies.
Nogaro.......... Trincalie - Mai-
  gnant.

Arrondissement de LECTOURE.

Lavit-de-Lomagne. D'Auriol aîné.

Miradoux........ Tartanac.
Saint-Clar....... Diulouhe.

Arrondissement de LOMBEZ.

Ile-Jourdain (L').. Dumas aîné.

Arrondissement de MIRANDE.

Marciac......... Delong.
Masseube........ Laforgue - Belle-
  garde.
Mirande......... Perès.

DÉPARTEMENT DE LA GIRONDE.

Arrondissement de BORDEAUX.

MM.

Blanquefort....... Pepe.

Bordeaux.....
- 1.re Gramont.
- 2.e Desfourniel.
- 5.e Brezetz.
- 6.e Barbe.

La Brède .... Peyrebrune.
Créon........... Le Comte.
Podensac........ Leblanc Nouguès.
Saint - André - de-
Cubzac....... Latour-Dupin.

Arrondissement de BLAYE.

MM.

Blaye .... Chery Fidèle.
Bourg .... Valentin Bernard.

Arrondissement de LA RÉOLE.

Montségur .... Denian.
La Réole .... Lassime.
Saint-Macaire .... Bouchereau.
Targon .... Cursier.

Arrondissement de LIBOURNE.

Coutras .... Trigaut.
Libourne .... Lacaze Gaston.

DÉPARTEMENT DE L'HÉRAULT.

Arrondissement de MONTPELLIER.

Frontignan....... Argelliers.
Les Martelles .... Vaquier.
Mèze .... Granal.
Montpellier, 2.e... Lajard.

Arrodissement de BEZIERS.

Beziers, 1.er...... Bernard.

Capestang .... Vidal.
Montagnac ...... Rey Lacroix.
Pezenas .... Sales fils.
Saint-Gervais.... Servies Neveu.
Servian .... Py, fils aîné.

Arrondissement de SAINT-PONS.

Olonzac .... Laur.

DÉPARTEMENT D'ILLE-ET-VILAINE.

Arrondissement de RENNES.

Janzé .... Lesire.
Mordelles .... Farcy de la ville
Dubois.

Rennes
- 2.e .....
- 3.e ..... Roberil de Cher-ville.
- 4.e ..... Inscrit comme maire de ladite ville.

Saint-Aubin-d'Au-
bigné .... Leguay.

Arrondissement de FOUGÈRES.

Antrain .... Duhil Benaze.
Fougères, 1.er.... Rallier.

Louvigné-du-Desert. Le Nicolaï de Clin-champ.
Saint-Brice ...... Gonain de Ger-mondais.

Arrondissement de MONTFORT.

Becherel .... Leregner.
Montauban ...... Trouessart.
Plélan........... Nicole.
Saint-Méen ...... Michel.

Arrondissement de REDON.

Bain .... Blery.
Guichen........ Lebastard - Ville-neuve.
Pipriac .... Thélohan.

MM.		MM.

Redon............ Rosi-S^t.-Solain.
Sel (Le)......... Paischoux.

Arrondissement de SAINT-MALO.

Combourg........ Lodin.
Dol............. Denoual.
Saint-Servan..... Magon-St-Elier.

Arrondissement de VITRÉ.

Châteaubourg..... Porten.

Guerche (La)..... Varin-du-Francbois.
Retiers.......... Lamelot-Dubourg.
Vitré..... 1.re.. Degennes-Vieux-ville.
2.e .. Degennes - Lambert.

DÉPARTEMENT D'INDRE.

Arrondissement de CHATEAUROUX.

Argenton......... Auclerc-des-Côtes.
Buzançais........ Savary-Lancosne.
Levroux......... Barbançois.

Arrondissement de LA CHÂTRE.

Sainte-Sévère..... Devilleneuve.

Arrondissement de LE BLANC.

Blanc (Le)....... Delacoulx - Marivaux.

DÉPARTEMENT D'INDRE-ET-LOIRE.

Arrondissement de TOURS.

Amboise......... Saint-Martin.
Bléré............ Devilleneuve.
Château-Renaut... Puy-Rosay.
Tours.... 1.re.. Guizot.
2.e .. Cormery.
Neuvy-la-Loi..... Gendron.
Vouvray.......... Gamardelle père.

Arrodissement de CHINON.

Bourgueil........ Coustis.

Chinon.......... Chemon-Vagneux.
Isle-Bouchard..... Drouin.
Langeais......... Champigny - Aubin.

Arrondissement de LOCHES.

Haye (La)....... Brung.
Ligneuil......... Gauthier-la-Ferrière.
Montrésor,....... Petigny.

DÉPARTEMENT DE L'ISÈRE.

Arrondissement de GRENOBLE.

Grenoble.. 1.re.. Paganon.
2.e .. Revol cadet.
Mens........... Accaziaz.
Mure (La)....... Guillot.
Vizilles......... Chuzin.
Yoirons,,,...... Tivollier.

Arrondissement de S. MARCELLIN.

Rives........... Duperrou.
Saint-Marcellin... Vallier.
Tullins......... Farconnet.

Arrondissement de VIENNE.

Saint Symphorien d'Ozon......... Lombard,

Arrondissement

DÉPARTEMENT DE JEMMAPE.

Arrondissement de MONS.
MM.
Enghien . . . . Parmentier.
Mons, 1.er . . . . Gen-de-Bien.

Arrondissement de TOURNAY.
MM.
Antoing. . . . . Leclément.
Peruwelz. . . . . Deblois.
Tournay, 1.er . . . . . Derasse.

DÉPARTEMENT DU JURA.

Arrondissement de LONS-LE-SAUNIER.
Cousange . . . . Dauphin.

Arrondissement de DÔLE.
Chanmergy. . . . . . . Robelot.
Dampierre. . . . . . . Caron.
Dôle. . . . . Bouvier.
Gerdrey . . . . Besson.
Montbarrey. . . . . . Terrier-Monciel.
Montmirey-le-Châ-
teau. . . . . Rossigneux.

Rochefort . . . . Théodore Lameth.

Arrondissement de POLIGNY.
Arbois. . . . . Bouvenot.
Nozeroy. . . . . Combette.
Planches (les). . . . . Monnier.
Salins . . . . Bousson - d'Aigle-
pierre.

Arrondissement de S. CLAUDE.
Morey. . . . . Jobey.
Petites-Chiettes. . . . Bouvet.

DÉPARTEMENT DES LANDES.

Arrondissement de DAX.
Dax. . . . . Darracq.

Arrondissement de S. SEVER.
Aire. . . . . Papin.
Saint-Sever. . . . . . . Basquiat.

DÉPARTEMENT DU LÉMAN.

Arrondissement de GENÈVE.
Carouge . . . . Montfalcon.
Chesne. . . . . Frarin fils.
Collonge. . . . . Girod.
Genève, 2.e . . . . . . Maurice.
Gex. . . . . Fabry.
Saint-Julien . . . . . . Lagrange.
Reignier . . . . Duclos.

Arrondissement de BONNEVILLE.
Bonneville. . . . . . . Revilloc.
Samoëns. . . . . Rouge.

Arrondissement de THONON.
Evian . . . . Arminion.
Thonon . . . . Favrat.

DÉPARTEMENT DE LOIR-ET-CHER.

Arrondissement de BLOIS.
Bracieux. . . . . Brondes.
Blois. . . . . { 1.er Devezeaux - Ran-
cogne.
2.e Bardon.
Montrichard. . . . . . Calmele.

Arrondissement de VENDÔME.
Montdoubleau . . . . Leroy.
Morée. . . . . Saumery.
Savigny. . . . . Leger - Chauvigny.
Selommes. . . . . . . Bonvallet.

N

DÉPARTEMENT DE LA LOIRE.

Arrondissement de MONTBRISON.
MM.
Chazelles-sur-Loire. Pupier-Brioude.
Saint - Bonnet - le-
Château........ Vissaguet.

Arrondissement de ROUANNE.
Néronde......... Dulieu.

MM.
S.¹-Haon-le-Châtel. Michon-du-Marais.
Saint-Just-en-Che-
valet .... Farjon.

Arrondissement de SAINT-ÉTIENNE.
Saint-Étienne, 1.ᵉʳ Chovet-la-Chance.

DÉPARTEMENT DE LA HAUTE-LOIRE.

Arrondissement du PUY.

Cayres........... Pertuis.
Monastier........ Guimbert de Vil-
lard.
Puy (Le) 1.ᵉʳ.... Besquent.
S.¹-Julien-de-Chap-
teuil.......... Mauras.

Solignac-sur-Loire . Rome.

Arrondissement de BRIOUDE.
Blesle............ Ducros.
Chaise-Dieu (La) . Richard.
Lavoute.......... Romeuf.

Arrondissement de ISSENGEAUX.
Monistrol-de-Loire. Julien Villeneuve

DÉPARTEMENT DE LA LOIRE-INFÉRIEURE.

Arrondissement de NANTES.
Carquefou........ Potiron.
Clisson .... Gautré.
Légé .... Lepage - Dubois-
Chevalier.
Nantes, 5.ᵉ....... Mosneron - Dupin.
Vertou........... Bureau-Batardière.

Arrondissement D'ANCENIS.
Riallé .... Meslin.

Arrondissement de CHÂTEAUBRIANT
Château-Briant.... Ernoult-Provôté.

Nozai. .... Grimard.

Arrondissement de PAINBŒUF.
Bourgneuf........ Goussin fils aîné.
Paimbœuf........ Lemercier.

Arrondissement de SAVENAY.
Croisic (Le)..... Gaudin.
Herbignac........ Delaunay.
Saint - Étienne-de-
Montluc........ Bricad.

DÉPARTEMENT DU LOIRET.

Arrondissement d'ORLÉANS.
Châteauneuf...... Perrot.
Chécy........... Roussel - de-Sour-
dons.
Jargeau.......... Daguineau-Cham-
praline.
Meung.......... Hubert Piédor.

Neuville........ Brady.
Notre - Dame - de -
Cléry........ Bigot-Lathouanne.
Orléans...... { 1.ʳᵉ Crignon - Désor-
maux.
2.ᵉ Bouchet.
3.ᵉ Demadières.

Arrondissement de GIEN.
MM.
Briarre.......... Henry Longueve.
Châtillon-sur-Loire. Seguier-de-Saint-
Brisson.
Gien............ Barneau.
Sully............ Baucheron - Bois-
souldy.

Arrondissement de MONTARGIS.
Château-Renard.. Maussion-Fougeret.
Châtillon-sur-Loing. Mahuet.

MM.
Courtenay........ Leroux.
Ferrières......... Amyot.
Lorris........... Le Caulchois.
Montargis........ Levrier Delisle.

Arrondissement de PITHIVIERS.
Bazoches-les-Galle- Rolland de Cham-
randes. baudouin.
Pithiviers......... Provensal - Saint -
Hilaire.
Puiseaux......... Bitry.

DÉPARTEMENT DU LOT.

Arrondissement de CAHORS.
Cahors, 1.re ..... Agar.
Limonhe......... Neaurissart.

Arrondissement de FIGEAC.
Cajarc.......... Salgues.
Capelle - Marival
(La)......... La Carrière.
Figeac , 1.re ..... Gach.
Gorce........... Vic.
Livernon......... Vaissié.
Saint-Céré....... Sirieyes.

Arrondissement de GOURDON.
Peyrac.......... Hebrard Maurifon.
Saint-Germain.... Montal.
Souillac......... Verninac - Saint-
Maur.

Arrondissement de MONTAUBAN.
Montpezat........ Depeire.
Negrepelisse...... Vialette de Morta-
rien.

DÉPARTEMENT DU LOT-ET-GARONNE.

Arrondissement d'AGEN.
Montaigut........ Moulhia.
Plume (La)...... Bernard-Lccusson.

Arrondissement de MARMANDE.
Castel-Jaloux..... Dutour.
Duras........... Boucher-Migon.

Lauzun.......... Grangeneuve.
Marmande....... Lalyman.
Meilhan......... Laprade.

Arrond.^{nt} de VILLENEUVE-D'AGEN.
Tournon......... Lilleferme.
Villeréal........ Issartier.

DÉPARTEMENT DE LA LOZÈRE.

Arrondissement de MENDE.
Châteauneuf-Ran-
don........... Laborie.
Grandrieu....... Laporte-Belviala.
Langogne........ Mathieu.

Arrondissement de FLORAC.
Meyrueis........ Belom.
Ste Énimie...... André.
S. Germain de Cal-
berte.......... Combet.

Arrondissement de MARVEJOLS.

MM.   MM.

Aumont.......... Cayla.   Malzieu.......... Roux.

La Canourgue..... Paradan.   Marvejols........ Eimar.

Chirac........... Dieulofes.   Saint-Chely...... Bès.

                                  Serverettes....... Enjelvin.

DÉPARTEMENT DE LA LYS.

Arrondissement de BRUGES.   *Arrondissement de FURNES.*

Ardoye........... Vanbrabant.   Furnes........... Vandermeersch.

Bruges.... { 2.ᵉ.... Wandewalle.   Nieuport......... Blankaert.

        { 4.ᵉ.... de Deurwaerder.

Thielt........... Delcambe.   *Arrondissement d'YPRES.*

Tourout 1.ᶜʳ...... Serruys.   Ypres..... { 1.ᶜʳ.... Merghelynck.

                                            { 2.ᵉ.... Delanghe.

Arrondissement de COURTRAY.

Courtray, 2.ᵉ..... Lecamus.

DÉPARTEMENT DE MAINE-ET-LOIRE.

Arrondissement d'ANGERS.

                                             { 1.ᶜʳ.... Esnault.

Angers ... { 1.ᶜʳ.... Beguyer - Cham-   Saumur { 2.ᵉ.... Cigogne de Mont-

         {   boureau.   passant.

         { 2.ᵉ.... Joubert Bonnaire.   { 3.ᵉ.... Quesnay S.ᵗ-Ger-

Pont-de-Cé...... Dejully.   main.

Saint-Georges..... Legloux.   Thouarré et le

Arrondissement de BAUGÉ.   Champ....... Bourgeois.

Longué......... Demaillé.   Vihiers.......... Girard Charnace.

Arrondissement de BEAUPRÉAU.   *Arrondissement de SEGRÉ.*

Cholet.......... Lecoq.   Briollay......... Langlois.

Saint-Florent.... Gautreau.   Châteauneuf..... Lemotheux.

Arrondissement de SAUMUR.   Le Lion-d'Angersi. Jousset.

Montreuil-Bellay.. Gueniveau de la

                 Raye.

DÉPARTEMENT DE LA MANCHE.

Arrondissement de SAINT-Lô.   Saint-Lô........ Courtin..........

Canisy.......... Savary.   Thorigny........ Le Conte Sainte-

Marigny.......... Beaugendre.   Suzanne.

Percy........... Dufouc.   *Arrondissement d'AVRANCHES.*

Saint-Clair,..... Capelle.   Grandville....... Moquinjonville.

MM.

Pontorson....... Burdelot.
Saint-James...... Colin Deslong-
champs.

Arrondissement de COUTANCES.

Brehal.......... Le Boucher.
Cesisy-la-Salle... Le Brun.
La Haye-du-Puits. Hotto.
Lessay.......... Le Gruel.
Montmartin-sur-mer Duparc.
Saint-Malo Dela-
lande.......... Lemaitre.

Arrondissement de MORTAIN.

MM.

Isigny........... Clouard Faucon-
nière.
Juvigny......... De la Houssaye.
Saint-Hillaire du
Harcouet...... Gauthier.
Teilleul (Le).... Vaufleury.

Arrondissement de VALOGNE.

Briquebec....... Lemarois.
Cherbourg....... Delaville.
Octeville........ Dechevreuil.
Sainte-Mère-Église. Frigoult Liesville.
Saint-Sauveur-sur-
Douves........ Ango.

DÉPARTEMENT DE MARENGO.

Arrondissement d'ALEXANDRIE.

Alexandrie, 1.er... Vegerri

DÉPARTEMENT DE LA MARNE.

Arrondissement de CHÂLONS.

Châlons......... Mouton.
Écury-sur-Coole... Loisson.
Marson......... Richard.

Arrondissement d'ÉPERNAY.

Anglure......... Godot-Desbordes.
Avize.......... Larite.
Dormans........ Vallin.
Épernay........ Moet.
Montmirail...... Frerot.
Montmort....... Boutin.
Vertus.......... Geoffroy.

Arrondissement de RHEIMS.

Ay............. Durand.
Beine.......... Chappe-Doyé.
Bourgogne...... Raquiard.

Châtillon........ Godinot-Caniat.
Fismes.......... Cliquot.
Rheims... { 1.re.. Moignon.
{ 2e... Moreau.
Verzy.......... Le Gal Valence.
Ville-en-Tardenois. Sahuguet-de-Ter-
mes.

Arrondis. de SAINTE-MENEHOULD.

Dammartin-sur-
Yèvre......... Piot.

Arrondissement de VITRY.

Heiltz-la-Maurupt. Hériot.
Saint-Remy-en-
Bouzemont..... Montendre.
Thieblemont...... Chorez.
Vitry-sur-Marne... Barbié.

DÉPARTEMENT DE LA HAUTE-MARNE.

Arrondissement de CHAUMONT.
MM.
Audelot............ Bourgon.
Chaumont......... Graillet-de-Beine.
Clefmont .... Brocard.

Arrondissement de LANGRES.
Langres........... Drevon.

Arrondissement de WASSY.
MM.
Doulevent......... Berthelin.
Joinville.......... Guiot-Menisson.
Montierender...... Moncey.
Saint-Dizier...... Rozet.
Wassy............ Raulot.

DÉPARTEMENT DE LA MAYENNE.

Arrondissement de LAVAL.
Laval 1.ᵉʳ .... Guitet aîné.

Arrondissement de MAYENNE.
Goron............ Lebourdais.

Horps (Le) ...... Ferère.
Lassay........... Quezet-Lavergée.
Prez-en-Pail...... Vanvert.
Villaines-la-Ruhel. Perdrigeon.

DÉPARTEMENT DE LA MEURTHE.

Arrondis. de CHÂTEAU-SALINS.
Alberstroff......... Deuskerken-Bos-
                     roger.
Château.Salins.... Quintard.
Delme............ Goulet de Rugy.
Dieuzé .... Bossu.
Vic.............. Morel.

Arrondissement de LUNÉVILLE.
Gerbeviller....... Baude de Vieuville.
Haroué........... Lejeune.

Lunéville.. { N.... Curieu.
            { S. E.. Bailly.

Arrondissement de SARREBOURG.
Lorquin.......... Malherbes.
Rechicourt....... Germain fils.
Sarrebourg .... Collignon.

Arrondissement de TOUL.
Colombey......... Griveau.
Thiaucourt....... Collot.
Toul, 2.ᵉ........ Bouchon.

DÉPARTEMENT DE LA MEUSE.

Arrondissement de BAR-SUR-ORNAIN.
Ancerville........ Lallemant.

Arrondissement de COMMERCY.
Gondreconrt....... Ollery.
Pierrefite........ Maury.
Saint-Mihiel...... Larezilierre.
Vaucouleurs...... Voisin.
Void............. Brigeat.

Arrondissement de MONTMÉDY.
Damvillers........ Duroux.
Stenay........... Huet du Rotois.

Arrondissement de VERDUN.
Clermont......... Mannehaud.
Étain............ Marchand fils.
Sonilly.......... Bourgouin.
Verdun........... Lambry.

DÉPARTEMENT DE LA MEUSE-INFÉRIEURE.

Arrondissement de MAESTRICHT.
MM.
Maestricht, 2.ᵉ ... Membrède.
Tongres........... Vaude-Meer.

Arrondissement de HASSELT.
Berringen .... Nicolai.

Arrondissement de RUREMONDE.
MM.
Ruremonde........ Vander-Renne.
Venloo........... Van den Vacro.

DÉPARTEMENT DU MONT-BLANC.

Arrondissement de CHAMBÉRY.
Aix.............. Chevalay.
Chambéry ....{ 1.ᵉʳ Lapalme.
              { 2.ᵉ Satteur-La-Serraz.
Échelles (Les)... Gagnon.
Rochette (La).... Puget.

Yenne........... Goybet.

Arrondissement de MOÛTIERS.
Beaufort......... Blanc.

Ar. de Sᵗ-JEAN-DE-MAURIENNE.
Modane .... Haufray.

DÉPARTEMENT DU MONT-TONNERRE.

Arrondis. de MAYENCE.
Mayence.....{ 1.ᵉʳ Sturtz.
            { 2.ᵉ Macké.

Arrondissement de SPIRE.
Edenkoben....... Schautz.

DÉPARTEMENT DU MORBIHAN.

Arrondissement de VANNES.
Carentoir........ Cheval.
Vannes.........{ 1.ᵉʳ Stuzer.
               { 2.ᵉ Lebouhellec.

Arrondissement de l'ORIENT.
Auray........... Bonnard.
Henneboud....... Letahic.
L'Orient, 2.ᵉ..... Legnevel Ducor-
                   rois.
Pluvigner........ Beard père.
Pont-Scorff...... Cougoulat.

Quiberon........ Lemaux.

Arrondissement de PLOERMEL.
Gner............ Genson.
Josselin......... Trévelo.
Malestroit....... Pierre Lagravelais.
Mauron.......... Bonamy.
Ploermel........ Rouault.

Arrondissement de PONTIVY.
Lociminé......... Toursain.
Pontivy......... Legogal-Toulgoet.

DÉPARTEMENT DE LA MOSELLE.

Arrondissement de METZ.
Gorze........... Marchal.
Metz.........{ 2. Thomas.
             { 3.ᵉ Goussaud d'Antilly.

Vigy............ Turmel-de-Vigy.

Arrondissement de BRIEY.
Briey........... Miscault.
Conflans......... Henry.

MM.

Longuyon............ Guillaume.
Lonwy............ Guillemare.

Arrondissement de SARGUEMINES.

Grostenquin..... Thiebault.

MM.

Saralbe............ Devaux.

Arrondissement de THIONVILLE.

Lannstroff........, Tailleur,

DÉPARTEMENT DES DEUX-NÉTHES.

Arrondissement d'ANVERS.

Anvers, 2.ᶜ........ Lepoittevin-de-la-
    Croix.

Arrondissement de MALINES.

Puers.............Marneffe.

DÉPARTEMENT DE LA NIÈVRE.

Arrondissement de NEVERS.

Decize............ Blondat-Levauges.
Fours............ Jombert.
Nevers............ Leblanc-Neuilly.
Pougues........ Huart.
S.ᵗ-Pierre Lemou-
    tiers........... Maradat d'Oliveau,
Saint-Saulge....... Bault,

Arrondiss.ᵗ de CHÂTEAU-CHINON.

Château-Chinon... Colon.
Châtillon......... Piroux.
Moulins-en-Gilbert. Isambert.

Arrondissement de CLAMECY.

Clamecy.......... Tenaille-Dulac.
Corbigny......... Guillin.
Tannay........... Delavene.
Varzy............ Paichereau.

Arrondissement de COSNE.

Charité (La)..... Chaillon.
Cosne............ Ferrand.
Pouilly........... Guillerault-Ville-
    roc.
Premery.......... Gesta-St.-Benin,
Saint-Amand..... Dethou,

DÉPARTEMENT DU NORD.

Arrondissement de LILLE.

Lille.........{3.ᶜ Langlart.
        {4.ᶜ Aromiot.
Quesnoy-sur-Deule. Guillard.
Seclin........... Quecq.

Arrondissement d'AVESNES.

Avesnes.......{1.ᵉʳ Godefroy.
        {2.ᶜ Pillot.
Trelon.......... Despret.

Arrondissemint de CAMBRAY.

Cambray.....{1.ᵉʳ Bouchelet de la
          Fosse.
        {2.ᶜ Richard Fremi-
          court,

Marcoing........ Herman.

Arrondissement de DOUAY.

Douay, 1.ᵉʳ...... Taffin.
Saint-Amand..{1.ᵉʳ Dubois.
          {2.ᶜ Vaché,
Valenciennes, 3.ᶜ.. Doazan.

Arrondissement de DUNKERQUE.

Dunkerque...{1.ᵉʳ Mazuel aîné.
          {2.ᶜ Émery.
Wormhoudt...... Condeville.

Arrondissement de HAZEBROUCH.

Bailleul,......{1.ᵉʳ Dekispotter.
          {2.ᶜ Vandewalle père.

Hazebrouck

MM.

Hazebrouck . . { 1.ᵉʳ Behacghel. / 2.ᵉ Dekispotter. }

MM.

Merville . . . . ˡ Duquesne.

DÉPARTEMENT DE L'OISE.

Arrondissement de BEAUVAIS.

Anneuil . . . . Titon.

Beauvais . . . . . { 1.ᵉʳ Derivierre. / 2.ᵉ Borel. }

Coudrai S.ᵗ Germer. Michel Walon.

Granvilliers . . . . Suleau.

Songeons . . . . Personne de Songeons.

Arrondissement de CLERMONT.

Breteuil . . . . Bayard.

Clermont . . . . Chrétien S. Berthe.

Froissy . . . . , ... Boulla-d'Orville.

Liancourt . . . . Prevost.

Maignelay . . . . Palisot-Bauvais.

Mony . . . . Cassini.

Saint-Just . . . . Guilbon père.

Arrondissement de COMPIÈGNE.

Attichy . . . . Brunet-Devry.

Compiègne . . . . Lancry.

Lassigny . . . . Margautin.

Ressons . . . . Lehoc, *Général.*

Ribecourt . . . . Desacres-de-Lai-
gle l'aîné.

Arrondissement de SENLIS.

Betz . . . . Tronchon.

Creil . . . . Boucherez.

Crespy . . . . Delahaate.

Pont-S.ᵗᵉ-Maxence. Leclerc.

Senlis . . . . Girardin.

DÉPARTEMENT DE L'ORNE.

Arrondissement D'ALENÇON.

Alençon, 2.ᵉ, ... Decourtissoles ainé.

Courtomer . . . . S.ᵗ-Simon de Courtomer.

Mesle-sur-Sarthe
(Le)   Bouvoust.

Arrondissement D'ARGENTAN.

Argentan . . . . D'Orglandes.

Merlerault (Le) . . . Richer.

Mortrée . . . . Poriquet.

Trun . . . . Colombel.

Vimoutiers . . . . Davernes.

Arrondissement de DOMFRONT.

Ferté-Macé (La) . . Lemeunier la Ge-
rardière

Juvigny . . . . Pailpré.

S.ᵗ-Gervais-de-Mes- Dumesnil-Bon-
sey.   homme.

Tinchebray . . . . Lelièvre-Provo-
quier.

Arrondissement de MORTAGNE.

Laigle . . . . Legrand-de-Bois-
Landry.

Longny . . . . Duriez.

Nocé . . . . Borc.

Pervenchères . . . . . . Charpentier.

Tourouvre . . . . Leveneur, *Général.*

O

DÉPARTEMENT DE L'OURTE.

Arrondissement de LIÉGE.
MM.
Herve........... Debesve.

Liége........
- 1.er Beaunin.
- 2.e Gasquy.
- 3.e Régnier.
- 4.e Gasquy.

Arrondissement de HUY.
MM.
Ferrières......... Foulon.

Arrondissement de MALMEDY.
Aubel........... Nicolaï.
Stavelot......... Godin.
Vieil-Salm....... Otte.

DÉPARTEMENT DU PAS-DE-CALAIS.

Arrondissement D'ARRAS.

Arras, 1.er........ Vaillant.
Beaumetz........ Jusers.
Bertincourt ...... Bruneau Beaumez.
Fouquevillers...... Alexandre.
Marquion......... Dubuisson.

Arrondissement de BÉTHUNE.

Béthune......... Balliencourt.
Carvin-Espinoy,... Becq.
Houdain......... Bois-Gérard.
Ventie (La)..... Taffin.

Arrondissement de BOULOGNE.

Boulogne......... Grand-Sire.
Calais........... Michaux.
Guines.......... Bernet.
Samer.......... Dublaisel.

Arrondissement de MONTREUIL.

Campagne........ Dauvin.
Étaples.......... Daccary.
Fruges........... Dufour.
Heden........... Cacheleu.
Montreuil........ Enlart.

Arrondissement de SAINT-OMER.
Aire............ Deslions.
Audruick......... Dethose.
Fauquembesgues... Hermant.

Saint-Omer...
- 1.er Defrance.
- 2.e. Duval.

Tournehem....... Francoville.

Arrondissement de SAINT-POL.
Aubigny......... Petit.
Auxy-la-Réunion.. Wallart.
Heuchin......... Beghin.
Saint-Pol....... Asselin.

DÉPARTEMENT DU PO.

Arrondissement de TURIN.
Poirin........... Cavalli.

Turin, section de la
Doire , 5.e..... Bossi.

DÉPARTEMENT DU PUY-DE-DOME.

Arrondissement de CLERMONT.
Billom........... Lacombe.

Clermont....
- 1.er Sablons.
- 3.e. Levet.

Herment......... Peyronnet.
Pont-sur-Allier.... Beaufrère père.

Saint-Amant-Tal-
lende.......... Le Normand-Flageac.

Saint-Dié....... Coiffier.
Vertaison........ Besse.
Veyre........... Lami-de-Mouton.

MM.

Vic-sur-Allier..... Rougier.

Arrondissement d'AMBRET.

Ambert.......... Pourrat.
S.t-Amant-Roche-
   Savine........ Teyras-Granval.
Saint-Anthême... Col.

Arrondissement d'ISSOIRE.

Besse............ Chandeson.
Jumeaux......... Sadourny.
S. Germain - Lam-
   Bron.......... Dartif-Lafontille.

MM.

Sauxillanges...... Espanion.

Arrondissement de RIOM.

Combrondes...... Maignol.
Menat........... Matheix.
Pionsat......... Mangerel.
Pontgibaud....... Boutarel.
Riom .... {Est.... Deval.
          {Ouest., Favart.

Arrondissement de THIERS.

Châteldon........ Moussier.

DÉPARTEMENT DES PYRÉNÉES-ORIENTALES.

Arrondissement de PERPIGNAN.

Perpignan. {1.er.... Matheu.
           {2.e.... Palmerole jeune.

Thuir........... Amaurich.

Arrondissement de CERET.

Ceret........... Jaubert.

DÉPARTEMENT DES BASSES-PYRENEES.

Arrondissement de PAU.

Pau, Est......... Cassebonne.
Thèse.......... Fauget fils aîné.

Arrondissement de BAÏONNE.

S. Jean-de-Luz... Lerembourg.

Arrondissement de MAULÉON.

Mauléon........ Philippes.
Saint-Palais...... Piscou.
Sallies.......... Largox-Souleux.

DÉPARTEMENT DES HAUTES PYRÉNÉES.

Arrondissement de TARBES.

Vic-Bigorre...... Lafeuillade aîné.

Arrondissement d'ARGELÈS.

Saint-Pé........ Labalut, fils.

Arrondissement de BAGNÈRE.

Campan......... Dauphole.

DÉPARTEMENT DU BAS-RHIN.

Arrondissement de STRASBOURG.

Brumath......... Spitz.
Haguenau....... Loison.
Molsheim....... Marquair.
Oberhausbergen... Darteim.
Strasbourg. {1.er... Mathieu.
            {3.e... Livio.
            {4.e... Levrault.

Wasselonne...... Pasquai.

Arrondissement de BARR.

Benfelden....... Roesch.
Erstein.......... Karst.
Rosheim........ Nicolas.
Schelestadt....... Schaal.

O 2

Arrondissement de *SAVERNE.*

MM.

Saar-Union ...... Frimont.
Saverne......... Betting.

Arrondissement de *WISSEMBOURG.*

Caudel.......... Heusler.

MM.

Landau.......... Demontant.
Lauterbourg...... Lambert.
Niederbronn...... Drion.
Wissembourg ..... Gerald.

DÉPARTEMENT DU HAUT-RHIN.

Arrondissement de *COLMAR.*

Andolsheim ...... Patocky.
Poutroy (La).... Greney.
Sainte - Marie-aux-
  Mines......... Collombel.
Rouffach......... Schneider.

Arrondissement d'*ALTKIRCH.*

Altkirch.......... Klackler.
Ferrette......... Niederberger.
Huningue........ Blanchard.

Arrondissement de *BELFORT.*

Delle .... Belin.

Giromagny....... Triponé.

Arrondissement de *DÉLÉMONT.*

Bienne.......... Wildermett.
Courtelary ...... Morel.
D'Élémont....... Braudhag.
Lauffon.......... Laquiante.

Arrondissement de *PORENTRUY.*

Audincourt....... Parrot.
Montbéliard...... Duvernois.
Porentruy........ Quiqueray.

DÉPARTEMENT DE RHIN-ET-MOSELLE.

Arrondissement de *COBLENTZ.*

Coblentz......... Bruges.
Kaisersesch ...... Daster.
Polch .... Luxem.

Arrondissement de *SIMMERN.*

Creuznach....... Freic.
Stromberg........ Lang.
Trarbach........ Pfender.

DÉPARTEMENT DU RHONE.

Arrondissement de *LYON.*

Lyon.......... { 2.e Rambaud.
{ 4.e Pericauti.
{ 5.e Cerisiat.

Limonest .... Morand-de-Jauffré.
Vaugneray .... Rieussec.

Arrondissement de *VILLEFRANCHE.*

Villefranche...... Dulac.

DÉPARTEMENT DE LA ROER.

Arrondissement d'*AIX-LA-CHAPELLE.*

Aix-la-Chapelle,1.er. Pelzer.
Bonnette........ Schmalhausen.
Sittard.......... Schmitz.

Arrondissement de *COLOGNE.*

Cologne......... Daniels.
Elsen .... Salm-Dyck.
Weyden........ Furstemberg.

Arrondissement de CREVELDT.

MM.

Bracht........... Vander-Straten.
Crevelot........ Vonder-Leyen.
Erkelens......... Gormanns.

MM.

Neuss............ Jordans.
Odenkirchen...... Henrichs.

Arrondissement de CLÈVES.

Gueldres......... Hoensbroich.

DÉPARTEMENT DE SAMBRE-ET-MEUSE.

Arrondissement de NAMUR.

Dhuy........... Demarotte - d'Os-
                tin.

Namur... { 1.er .. Delaroche.
          { 2.e .. Akermann.

Arrondissement de MARCHE.

Erzée........... Phillippin.

DÉPARTEMENT DE LA HAUTE-SAONE.

Arrondissement de VESOUL,

Fontaine......... Vuillemot.
Montbozon....... Coilot.
Rios............ Monillet.
Scey-sur-Saone... Bressand.

Arrondissement de GRAY.

Autrey.......... Perret.
Champlitte....... Blanchaud.
Dampierre....... Drouhot.

Fresne-S.t-Mamez . Emmanuel-d'Hen-
                   nezel.
Gray............ Masson-Desclams.

Arrondissement de LURE.

Champagney...... Lombard.
Héricourt........ Noblot.
Luxeuil.......... Desgranges aîné.
Saint-Loup....... Vuilley.

DÉPARTEMENT DE SAONE-ET-LOIRE,

Arrondissement de MÂCON.

Mâcon........... Monteil.
Tournus......... Laval.
Tramayes........ Barraud.

Arrondissement d'AUTUN.

Autun........... Demommerot.

Arrondissement de CHÂLONS.

Saint - Martin - en-
    Bresse........ Dumolard.

Arrondissement de CHAROLLES.

Charolles........ Derymont.
Chauffailles...... Dedréc.
Guiche (La)...... Pernot.
Paray-le-Monial... Riballier.
Semur en Brionnais. Degouvenain.

Arrondissement de LOUANS.

Beaurepaire....... Coindre.
Montret-Pierre.... Thiard.

DÉPARTEMENT DE LA SARRE.

Arrondissement de TRÈVES.

Berncastel........ Cetto.
Trèves........... Garreau.
Witlich.......... Weis.

Arrondissement de Sarrebruck.

Sarrebruck....... Maudel.
Weudel (S.t)..... Cetto.

Arrondissement de PRUM.

MM.

Prum.............. Kinds.

Arrodissement de BIRKENFELD.

MM.

Birkenfeld........ Nell.
Herrstein......... Heissener.

DÉPARTEMENT DE LA SARTHE.

Arrondissement du MANS.

Conlie..,,...... Drouard.
Loué. .... Pasquier.
Mans (Le).... { 2.ᵉ. Lambert - Lavan-nerie.
 3.ᵉ. Samson. }
Montfort........ Ogier.

Arrondissement de MAMERS.

Ferté-Bernard (La). Gondouin.

Mamers,......... Guerin.
Marolles-les-Braux.. Pélisson de Gèsnes.
Saint-Paterne..... Haute-Clerc père.

Arrondissement de SAINT-CALAIS.

Grand-Lucé (Le).. Raffin.
Saint-Calais...... Demusset.

DÉPARTEMENT DE LA SEINE.

Arrondissement de SAINT-DENIS.

Denis (Saint).... Beville.
Nanterre......... Manet.
Neuilly.......... Gauthier.
Pantin.......... Deroy.

Arrondissement de SCEAUX.

Charanton......,. Decoulmier,
Villejuif......... Cambry.
Vincennes........ Viennot.

Arrondissemens de PARIS.

1.ᵉʳ............. Pastoret.

2.ᵉ.............
3.ᵉ............. Richard   d'Aubigny.
4.ᵉ............. Godard.
5.ᵉ............. Berthereau.
6.ᵉ............. Dutremblay.
7.ᵉ.............
8.ᵉ.............
9.ᵉ............. Guillaumot.
10.ᵉ.............
11.ᵉ.............
12.ᵉ.............

DÉPARTEMENT DE SEINE-ET-MARNE.

Arrondissement de MELUN.

Châtelet (Le).... Poan de Villers.
Melun........... Despatis.

Arrondissement de COULOMMIERS.

Coulommiers..... Montesquiou.
Rosoy........... Demun.

Ariondissement de FONTAINEBLEAU.

Chapelle - Égalité
   (La).......... Hutteau.

Château - Landon.. Lavocat.
Fontainebleau..... Dubois - Darneuville.
Lorès............ Guillot - Blancheville.
Montereau - Fault-Yonne........ Lesparda.
Moret.......... Cardinal de Beaurepaire.
Nemours ,....... Berthier,

Arrondissement de MEAUX.

MM.

Claye............ Nonclair.
Crecy............ Brussel aîné.
Dammartin....... Lavollée.
Ferté - sous - Jouare
  (La)......... Regnard.
Lisy-sur-Ourcq.... Lagrange.

MM.

Meaux........... De Pinteville.

Arrondissement de PROVINS.

Donnemarie...... Charpillon.
Nangis.......... Tarbé.
Provins......... Rousselet.
Villiers-S.ᵗ-Gorges. Lefebvre du Cou-
                 chant.

DÉPARTEMENT DE SEINË-ET-OISE.

Arrondissement de VERSAILLES.

Chevreuse........ Deselle.
Limours......... Andry de Soussy.
Marly-la-Machine.. Gravelle-Fontaine.
Montfort-l'Amaury. Sancé.
Palaizeau....... Deboumiaire.
Poissy........... Vesque.
Sèvres.......... Moreau.
         { 1.ᵉʳ Desilles.
Versailles..... 2.ᵉ Berthereau.
         { 3.ᵉ Brière.

Arrondissement de CORBEIL.

Arpajon.......... Laisné.
Boissy-Saint-Léger. Audelle.
Lonjumeau....... Joly-de-Fleury.

Arrondissement d'ÉTAMPES.

Dourdan, 1.ᵉʳ .... Catellan.

Étampes......... Henin.
Ferté-Alais (La).. Jumilhac.
Milly........... Debizemont.
Méréville....... Dastorg.

Arrondissement de MANTÈS.

Limay........... Bonnel fils.
Magny.......... Lerat Magnitot.
Mantes.......... Lua.

Arrondissement de PONTOISE.

Écouen.......... Antheaume.
Émile - Monmo-
  rency.......... Delatour.
Gonesse......... Roger.
Ile-Adam (L').... De Lamoignon.
Luzarches....... Boucher.
Marines........ De Mouthiers.
Pontoise........ De Junquieres.

DÉPARTEMENT DE LA SEINE-INFERIEURE.

Arrondissement de ROUEN.

Buchy........... Debocherville.
Dernetal........ De Pommereu.
Elbeuf.......... De Larue.
Grand-Couronne.. De Lamarre.
Marommes....... Démarets.
        { 2.ᵉ Carel.
Rouen........ 3.ᵉ Le Boulanger.
        { 5.ᵉ De Fontenay.

Arrondissement de DIEPPE.

Dieppe.......... Duval.

Envermeu....... Labbé.
Offranville...... Langlois.
Totes........... Morin d'Anvers.

Arrondissement du HAVRE.

Fécamp......... Desportes.
Goderville....... Letellier.........
Saint-Romain.... Duval d'Esprémé-
               nil.

Arrondissement de NEUFCHÂTEL.

Argueil......... Bonardi.
Aumale.......... Béuvin Montillet.

MM.

Blangy......... Cormeille.
Forges-les-Eaux... Daubusson.
Neufchâtel....... Patry.

Arrondissement d'YVETOT.

Doudeville....... Labarbe.

MM.

Fontaine-le-Dun... Mallet.
S.ᵗ Valery-en-Caux. Leseigneur.
Vallemont........ Castillon.
Yvetot........... Delalande.

DÉPARTEMENT DE LA SESIA.

Arrondissement de VERCEIL.

Verceil, 1.ᵉʳ...... François Arborio.

DÉPARTEMENT DES DEUX-SÈVRES.

Arrondissement de NIORT.

Beauvoir-sur-Niort. Morisset.
Champdeniers..... Avrain.
Coulonges........ Chauvin Hersaut.
Frontenay........ Laidin Labouterie.
Niort. { 1.ᵉʳ...... Briault.
{ 2.ᵉ...... Brisson.
Prahec.......... Chauvin.
Saint-Maixent, 2.ᵉ. Girault-Crouzon.

Arrondissement de MELLE.

Celle........... Duval.
Chef-Boutonne... Lambier.

Melle........... Aymé père.
Morte Sainte-He-
raye (La)...... Gaillard.
Sauzé-Vaussay.... Brolhiet-Chambre.

Arrondissement de PARTHENAY.

Menigoutte...... Guérineau.
Montecoulant..... Galo.

Arrondissement de THOUARS.

Argenton-le-Châ-
teau.......... Chanouin Boisset.
Cerisay......... Rabouam.

DÉPARTEMENT DE LA SOMME.

Arrondissement d'AMIENS.

Amiens. { 2.ᵉ.... Laurendeau.
{ 3.ᵉ.... De la Morlière.
Corbie.......... Lameth aîné.
Molliens Vidame.. Lequin de Moyen-
neville.
Poix........... Claré.
Sains.......... Barbier Daucourt.

Arrondissement d'ABBEVILLE.

Abbeville. { 1.ᵉʳ... Hecquet Dorval.
{ 2.ᵉ... Villette Mautort.
Gamaches....... Le Boucher.

Nouvion........ Bouteillier.
Rue........... Wigué de Beaupré.

Arrondissement de DOULLENS.

Acheux......... Delaunay.
Doullens....... Banastre.

Arrondissement de MONTDIDIER.

Montdidier...... Dupuy.
Roye.......... Prevost.

Arrondissement de PÉRONNE.

Albert.......... Marchand Gomi-
court.

Bray

MM.   MM.

Bray........... Le Général Des-tourmel.
Chaulnes........ Torchon.
Combles........ Coutte.

Nesle........... Nervo.
Roiselle......... Magnez.
Péronne......... Hiver.

DÉPARTEMENT DE LA STURA.

Arrondissement de MONDOVI.

Mondovi, 1.er.... Bougioanni.
Rocca di Baldi.... Prandi.

Arrondissement de SAVIGLIANO.

Cherasco........ Prou.

DÉPARTEMENT DU TARN.

Arrondissement d'ALBY.

Alby........... Gorsse.
Monestier....... Campmas.
Pampelonne...... Cordurie de Sal-veridoude.
Valence........ Calmes.

Arrondissement de CASTRES.

Castres......... Dorlastour.
Lautrec......... Samson-Lacarbier ainé.

Arrondissement de GAILLAC.

Cadalen........ Dupin ainé.
Gaillac......... Montaigne.

Arrondissement de LAVAUR.

Cuq-Toulza...... Argenvillers.
Graulhet........ Abrial.
Lavaur.......... Guibert.
Saint-Paul....... Roux - Champagnac cadet.

DÉPARTEMENT DU VAR.

Arrondissement de DRAGUIGNAN.

Draguignan....... Cartier.
Fayence......... Arnoux.
Fréjus.......... Raym.d Lacepède.

Arrondissement de TOULON.

Hières.......... Filhe.
Ollioules........ Melines.
Toulon.... { Est. Boisselin. / Ouest. Courtes. }

DÉPARTEMENT DE VAUCLUSE.

Arrondissement D'AVIGNON.

Avignon.... { Nord. Palun. / Sud. Puy. }
Bedarides........ Masson.

Cavaillon........ Moussier, *Général.*

Arrondissement de CARPENTRAS.

Carpentras, Sud... Aymé.

DÉPARTEMENT DE LA VENDÉE.

Arrondis. des SABLES-D'OLONNE.

Motte-Achard..... Birotheau-des-Buroudières.
Noirmoutiers...... Piet.

Palluan.......... Bourdin.
Sabl.-d'Olonne(Les) Ménauteau.

Arrond. de la ROCHE-SUR-YON.

Mortagne........ Hullin.

P

Arrond. de FONTENAY-LE-PEUPLE.

MM.

Hermenault (L'). . Vassé-Tendron.

MM.

Mareuil. . . . . Leleu.

DÉPARTEMENT DE LA VIENNE.

Arrondissement de LOUDUN.

Loudun. . . . . Dumoustier de la Fond.

Moncontour. . . . . . Lanlaud jeune.

Arrond. de MONTMORILLON.

Montmorillon. . . . . Gervais Lafond.

Arrondissement de POITIERS.

Vivonne. . . . . Barbier de la Planche.

DÉPARTEMENT DE LA HAUTE VIENNE.

Arrondissement de BELLAC.

Bellac. . . . . Raffard-Panissat.

Château-Ponsac . . . Déverines des Honmeaux.

Mezières. . . . . Robinaud - Gajoubert.

Sulpice-les-Feuilles (Saint). . . . . . . Puifferat.

Arrondissement de LIMOGES.

Aixe. . . . . Duverger.

Ambazac. . . . . Rouare.

Léonard (Saint-). . Masbarel-Basti.

Arrondissement de SAINT-YRIEIX.

Chalus. . . . . Garbeuf.

Germain-les-Belles-Filles (Saint). . Blondeau.

Nexon. . . . . Arbonnau.

Yrieix (Saint). . . Dugareau - Lame cherie.

Arrondissement de ROCHECHOUART.

Junien (Saint). . . Pouliot aîné.

Laurent-sur-Gorre (Saint). . Perry-S.ᵗ-Aurent.,

Mathieu (Saint). . Legros-Tramer.

Rochechouart. . . . . Legros-Pussigny.

DÉPARTEMENT DES VOSGES.

Arrondissement de NEUFCHÂTEAU.

Bulgneville. . . . . . . Marand.

Coussey . . . . Bouchon.

Arrondissement de MIRECOURT.

Báins,. . . . . Falatieu.

Mirecourt. . . . . . . Thirion.

Vittel. . . . . Hugo.

Arrondissement d'ÉPINAL.

Epinal. . . . . Piers.

Ramberviller. . . . . Tardu.

Xertigny. . . . . Fleurant.

Arrondissement de SAINT-DIÉ.

Corcieux. . . . . Sonrieres.

Dié (Saint). . . . . Trexon.

Schirmeck. . . . . . . Champy.

Arrondissement de REMIREMONT.

Remiremont. . . . . . Félix.

DÉPARTEMENT DE L'YONNE.

Arrondissement de SENS.

Chéroy. . . . . Guyot.

Pont-sur-Yonne. . . Laporte.

Sens. . . . . {Nord. Billebaut. Sud. Cave.

Villeneuve-sur-Vannes. . . . . Begue.

Arrondissement de JOIGNY.

MM.

Ailluat-sur-Thon..	Robinet - Malleville.
Brinon.	Fernelle.
Cerisiers........	Salmon.
Charny..........	Collet.
Fargeau (Saint)..	Robineau.
Villeneuve - sur-Yonne........	Foacier.

Arrondissement d'AUXERRE.

Auxerre, Ouest....	Robinet-Pontagny.
Coulanges-sur-Yonne......	Soufflot aîné.

MM.

Saint-Florentin.....	Seguier-S.-Brisson.
Toucy..........	Perthuia.
Vermanton.......	Gilbert Latour.

Arrondissement de TONNERRE.

Ancy-le-Franc	Verlot-Dejeux.
Cruzy..........	Fourcade.
Noyer.	Droin.
Tonnerre	Jacquesson - Vauvignol.

Arrondissement d'AVALLON.

Avallon..........	Boudin.
Vezelay........	Tenaille - Vaulabelle.

CULTE PROTESTANT.

PRÉSIDENS DE CONSISTOIRES.

MM.	MM.
Maron.	Martin.
Rabaud-Pommiers.	Derouville.
Mestrezat.	Diergard.
Morelle.	Blanchon.
Petersen.	François Martin.
Pietsch.	Mouchon.
Hern.	Gachon.
Alègre.	Lombard-Lachaux.
Mordant.	Dejoux.
Rang.	Sabonadières.

VICE-PRÉSIDENS DES CHAMBRES DE COMMERCE.

MM.	MM.
Delentre.	Carlonne.
Brunaud.	Jalobert.
Meuls.	Colas - Debronville père.
Beauvens.	Alexis Perlau.
Lancel.	Vignon.
Serdobbel.	Debaussay.
Lasalle.	Hillot.
Mappes.	Schertz.

INSPECTEURS EN CHEF AUX REVUES, ET COMMISSAIRES ORDONNATEURS DES GUERRES.

Inspecteurs en chef aux revues.	*Commissaires ordonnateurs des guerres.*
MM.	MM.
Denniée.	Sartelon.
Malus.	Dukermont.
Gauthier.	Dubreton.
Pille.	Bondurand.
Servan.	Pelletier.
	Chambond.
	Marchand.

MEMBRES DU CONSEIL GÉNÉRAL DE COMMERCE SÉANT À PARIS PRÈS LE MINISTRE DE L'INTÉRIEUR.

MM.	M.
Foache.	Semons.
Audibert.	

CONSEIL GÉNÉRAL DU DÉPARTEMENT DE LA SEINE.

MM.	MM.
Quatremère-de-Quincy.	Pérignon.
Démautort.	D'Harcourt.
Rouillé-Deléiang.	Boscheron.
Raguideau.	Petit.
Rougemont.	Davilleis aîné.
Mallet.	Daligre.
Godefroy.	Devaisnes.
Delaistre.	Micoud.
Gelot.	Trudon-Desorme.
Perrier.	Gauthier.
Bellart.	

INSTITUT.

MM.	MM.
Desfontaines.	Laporte-Dutheil.
Bigot-Préameneu.	Mehul.

SOCIÉTÉ IMPÉRIALE D'AGRICULTURE.

M. Tessier, *Président.*

DÉPUTATIONS COLONIALES.

St Domingue.

MM.
De Raynaud.
Morin.
Dupont de Gault.
Millot.
Caignet.
Léomont.

Cayenne.

Lahorie.
Pascaud.
Mesnard.
Vidal.

Ile de France et de la Réunion.

Dubuc-Marcussi.
Barbé.
Drouet.

MM.
Saulier.
Cossigny.

La Guadeloupe.

Deretz.
Lemercier de Richemont.
Leblond.
Gondrécourt père.
Dantier.

La Martinique.

Dubus.
Baufond l'aîné.
Maupertuis.
Laronty.
Desbrosses.
Perinelle.

IMPRIMÉ

Par les soins de J. J. MARCEL, Directeur général de l'Imprimerie impériale, Membre de la Légion d'honneur.